Amor en Estéreo

José F. Nodar

Camden Books Publishing

Amor en Estéreo / José F. Nodar Primera edición

ISBN 978-1-7637054-7-0 – Tapa blanda
ISBN 978-1-7638763-2-3 – Publicación electrónica

Dedicación

En memoria amorosa de mi esposa,
Miriam Vassallo Nodar,
y su presencia perdurable.
Siempre estás en mis pensamientos.
Para cualquiera que alguna vez haya amado profundamente,
haya perdido completamente y aun así haya encontrado el
coraje de empezar de nuevo.

Tabla de Contenido

2

CAPÍTULO 1

EL SILLÓN RECLINABLE VACÍO

Noventa días es un tiempo muy largo si los cuentas uno por uno. Esta noche, como casi todas, estoy en el salón mirando tu sillón reclinable. El cuero aún conserva tu forma; un suave hundimiento en el cojín que recuerda tu peso mejor que yo. Si entrecierro los ojos, casi puedo ver la silueta de tus rodillas, el lugar donde tus codos descansaban en el reposabrazos, la pequeña media luna donde tu pulgar solía golpear el ritmo de la canción que fingía no gustarme.

Terminé de cenar hace 10 minutos —"cenar" en esta nueva era es una palabra optimista para referirse a un plato de huevos revueltos que parecían sorprendidos de encontrarse sobre tostadas— y la casa todavía huele levemente a mantequilla quemada y bravuconería.

"Buenas noches, amor"— me escucho decir, y ahí está: el ritual unilateral.

Hoy el clima fue inestable. El sol salió como si recordara una cita, y luego se escondió tras las nubes, así como yo me escondo tras el carrito de la compra cuando veo a una mujer con tres niños pequeños en Woolies. También vi a Walter. ¿Te acuerdas de Walter, de aquí abajo? Todavía quiere hablarme de su hernia. Tres meses, Maureen. Tres meses de actualizaciones sobre su hernia.

El reclinable responde con un silencio digno.

Por supuesto que sí. Son muebles.

Me adentro en la habitación arrastrando los pies, los platos chocan los unos con los otros al dejarlos en la mesa de centro. Tenía pensado meterlos en el lavavajillas, pero el camino del comedor al salón ahora parece un pasillo de museo; me obliga a detenerme en las piezas expuestas: tu foto enmarcada en el mueble del televisor, tu chal doblado en el respaldo del sillón reclinable y la lámpara con el interruptor de cadena que tanto te encantaba.

"Las plantas van bien"— continúo, agitando un tenedor hacia la ventana como si el jardín pudiera verme.

Las cucaburras tuvieron una reunión de comité en la cerca esta mañana. Le di una charla de ánimo al limonero. Sigue de mal humor. Creo que los limones te extrañan a ti y a tus cumplidos. Les dije que estaba orgulloso de ellos, y se pusieron más verdes solo para fastidiarme.

Me siento en el borde de mi sillón reclinable y emite ese sonido familiar *de "shhck"*, como si un bibliotecario me forzara a callar.

"Les encantará saber"— continúo—"que el experimento culinario de esta noche casi se convierte en una presentación. Quería un tostado rústico y logré lo que los críticos llamarían 'carbón fundido'. El detector de humo me aplaudió con entusiasmo. Si alguna vez quería salir en la portada del periódico, solo tendría que seguir cocinando. 'Un hombre de la zona redecora su cocina con llamas; afirma que es 'caramelización'. Más en la página dos'".

Me río. Es demasiado fuerte.

Mi risa rebota en las paredes y regresa más tenue, como si la hubieran lavado y encogido dos tallas. Aun así, me alegra soltarla. Las palabras necesitan moverse, aunque solo sean círculos dentro de una misma habitación.

"Claire vino a comer"— digo, jugueteando con la costura del cojín que tengo a mi lado—. "Sin anuncio, solo su llamada, que suena como si estuviera haciendo una audición para la policía. Olvídate del timbre que instalamos. Trajo una tanda de comidas congeladas con etiquetas escritas con su voz de jefa. 'Lasaña de pollo: Horno 180 °C, 35 min. NO meter en el microondas, papá'. El 'no' estaba subrayado tres veces. Cuando abrió el congelador y vió que aún quedaba la última tanda, cloqueó como una gallina. Le dije que las estaba dejando añejar, como el buen vino. No le hizo tanta gracia como a mí".

El sillón reclinable se mantiene firme.

Siempre lo hace.

Me gusta eso de ellos.

Los sillones reclinables son confiables.

La gente también, hasta que de repente ya no lo es.

"Y Sophie"— continúo —"Sophie ha estado en una cruzada para digitalizar mi bienestar. Intenta conectarme con apps de meditación. Me dijo: 'Papá, tú solo respira, y el teléfono hace el resto'. Le pregunté cómo mi respiración iba a solucionar el hecho de que el lado izquierdo de la cama se resiste a calentarse. Me dijo que imaginara calor. Le dije que te prefería a ti. Me abrazó y luego sugirió la aplicación *Calm*. Le dije: 'Está bien, pero no voy a pagar una suscripción para que me digan cómo respirar'. Dijo que hay una prueba gratuita. Algo es algo. Si la tranquilidad no me convence, al menos no me costará nada.

Me imagino tu sonrisa entonces, la que empezó en una esquina y recorrió tu rostro, como un gato que decide perdonar a un humano.

Hay una pausa donde tu risa encajaría a la perfección: ese pequeño bramido que odiabas y yo adoraba. La habitación intenta compensar tu ausencia con el sonido del refrigerador, pero no lo logra del todo.

Daniel llamó de camino a casa. Dijo que debería tener un perro. Un perro rescatado, además. Un compañero con patas. Le dije que lo último que necesita esta casa, es otra criatura que me vea mientras como. Se rió y dijo que un perro me haría caminar más. Le dije que ya camino más de diez mil pasos al día, además de que doy vueltas alrededor de la mesa de la cocina después de que suena la alarma de humo. Dijo que eso no contaba. Me acomodé en mi sillón reclinable y dejé caer los hombros.

Me extiendo sobre la mesa de centro y ordeno los controles remotos como solías hacerlo, alineándolos como un faro: pequeño, grande, enorme. El ritual es en parte orden y en parte código Morse para el universo; una forma de escribirte mi mensaje: *Lo recuerdo. Lo recuerdo.*

—Sé lo que hacen, mi amor —susurro—. Están preocupados. Creen que, si me mantienen ocupado, olvidaré que la casa aprendió a hacer eco.

Miro al techo, a cómo la luz del atardecer dibuja un suave moretón contra el arquitrabe. «No lo dicen así. Dicen cosas prácticas. Comidas congeladas. Aplicaciones. Perros. Intentan llenar la mitad que falta con cosas, como si yo fuera un estante de despensa, y si apilas suficientes latas, el espacio deja de ser espacio».

Mi voz se vuelve un poco temblorosa al decir "espacio". Toso y finjo que fue una miga.

"Tres meses", digo, y el número se siente como algo pequeño y pesado en mi pecho.

Noventa días. Trece semanas. ¡Diablos!, una temporada entera. Todos dicen que los primeros son los más difíciles. La primera noche, la primera semana, la primera compra sin ti a mi lado, diciendo la lista que hicimos.

La primera vez que me giré para hacer un chiste durante las noticias y recordé que ya lo sabías de alguna manera. La primera vez que lavé las sábanas y tuve que doblar la sábana ajustable. Tuve que decidir si dejar de intentar hacerlo como tú, y al final las tiré al armario de la ropa blanca y cerré la puerta.

Todo es una serie de pequeñas primeras, grapadas a la grande. Que no estés aquí.

No noto que mis manos se han movido hasta que veo que he acariciado el brazo del sillón reclinable con la palma, los mismos pequeños círculos que usaba para frotar tu piel cuando estabas tensa. El cuero está fresco. Mi mano está cálida. La diferencia se siente como la tesis de los últimos 90 días.

—Estás hablando con una silla, Josh. ¡Felicidades, te has vuelto loco! —. Lo digo en voz alta porque si te dices el chiste tú mismo, nadie más podrá hacerlo.

Incluso le añado un toque de gracia, como si fuera un mago que revela que el conejo siempre estuvo triste. Por un instante, la absurdidad me parte el corazón y sonrío a la habitación vacía, hasta que la sonrisa tambalea y se vuelve más húmeda.

Seco mis ojos con el dorso de la muñeca. "No te preocupes"— le digo al sillón —"He tomado precauciones. De hecho, aún no he empezado a responderte. Supongo que ese es el mensaje. En cuanto imite tu voz, podrás volver y atormentarme como es debido".

Silencio de nuevo.

La casa es magnífica en hacer eso.

El reloj avanza como si estuviera comiendo algo.

Intento un enfoque diferente.

Te alegraría saber que regué las plantas de la casa exactamente como me enseñaste: dos tazas los domingos, una los miércoles, y susurrarles cumplidos al menos dos veces por semana. Les dije que tus vestidos siempre alegran esta habitación, suspiraron y fingieron que no les importaba. Las plantas de la entrada son un triunfo. Incluso los vecinos lo dijeron, y ya sabes lo tacaños que son con los cumplidos pagados. El césped, sin embargo, se ha vuelto independiente. Está dando un golpe de efecto. Quizás tenga que ponerme un traje para cortarlo, solo para que sepa que voy en serio.

Miro hacia la estantería, al frasco de cristal en la esquina con las notitas que solíamos escribirnos: pequeños pagarés para después. Incluso desde esta distancia puedo leer la de arriba: «Te debo un baile lento cuando cambie el clima». Tu letra es sesgada y segura. Otra dice: «Si alguna vez tenemos un perro, eres el encargado de su caca». Resoplo. «¿Lo ves? Incluso desde el otro lado del frasco, tú y Daniel están confabulados».

Saco una hoja al azar y la desdoblo. «Revisa el tanque de agua para asegurarte de que fluye correctamente», dice. La cierro con cuidado y la guardo. Hay algunas hojas que se guardan para siempre.

En el mueble del televisor, el marco con tu foto se inclina un poco. Lo enderezo. Te ríes de algo a la izquierda de la cámara, probablemente de mí. Tienes el pelo enredado por el viento y los ojos muy abiertos, como si esta fuera la foto donde capturaste el mundo y lo mantuviste ahí. Antes creía que las fotografías atrapaban un instante. Ahora creo que lo liberan, minuto a minuto, como una lenta infusión en quien las mira.

"Los niños están bien"— le digo al sillón, porque no quiero mentirte con nada más que omisiones—. "Claire está cansada de ser competente. Intenta no dejarme ver, pero sus hombros tensos la delatan. Sophie es sincera como un amanecer y esconde su miedo en consejos. Daniel lleva su dolor en una chaqueta dos tallas más grandes que insiste en que le queda bien. Todos me miran y deciden qué tornillos apretar, pero aún no se han mirado a sí mismos. Sigo queriendo decirles que estarías orgullosa de ellos por preocuparse, y orgullosa de mí por fingir que no lo necesito".

Camino hacia la puerta del patio. El cielo se va desprendiendo hacia el anochecer: índigo arriba, albaricoque en los bordes.

Apoyo mi frente contra el cristal frío y observo cómo el gato del vecino decide adueñarse de nuestro patio trasero, paso a paso.

—Insisto en que estoy bien —digo, y el cristal se empaña un poco al contacto con mi aliento—. Lo digo como se dice «salud» después de un estornudo. Automático, educado y sobre todo para quien estornudó. Pero la verdad, Maureen, ya lo sabes, la vida sin ti es como si hubiera perdido mi mitad. No exactamente amputada. Más bien como si tu mitad se hubiera escabullido a la cocina por un café y se hubiera olvidado de volver, y ahora estoy aquí atrapado, manteniendo la conversación solo. Te extraño muchísimo, mi amor, y espero que lo sepas.

Me doy la vuelta y vuelvo a fijar la mirada en el sillón reclinable: la hendidura, la pequeña rasgadura en la costura derecha, la manta doblada sobre el respaldo como un chal. Parece cómodo y un poco presumido. Si el sillón pudiera levantar una ceja, me juzgaría con delicadeza.

—Sigo pensando que estás en la habitación —confieso—. Que si digo tu nombre correctamente, responderás «¿Qué?» con ese tono que significa «Sí, te escucho, aunque finja que no». Sigo pensando que la historia simplemente se ha pausado y que, si encuentro el control remoto, la puedo volver a empezar. Y luego hay noches como esta en las que me doy cuenta de que no se ha pausado, sino que ha cambiado de canal sin preguntarme, y yo estoy aquí intentando seguir una trama que no he firmado.

Me siento en el borde del brazo de tu sillón, como solía hacerlo cuando dormías, y tenía algo trivial que compartir. Esas trivialidades eran casi todo lo que intercambiábamos y, en retrospectiva, mi mejor moneda. El cuero cede, y puedo oler el fantasma de tu champú, o tal vez solo sea un recuerdo fingido para que se acerque.

Voy a aprender a preparar tu pollo asado como es debido. Me pararé donde tú te paraste y le hablaré a la sartén como si fuera un animal asustadizo, y lo rociaré como tú lo hiciste, con paciencia y un optimismo desmesurado. Y sí, probablemente vuelva a activar la alarma de humo, pero lo conseguiré. Seguiré hasta que la casa huela bien.

Me quedo así un buen rato, respirando, escuchando el tictac del reloj y el silencio lejano de la noche. Si cierro los ojos, siento el peso de tu mano en mi hombro, lo cual es una tontería de las más preciadas.

Por fin me levanto. «Buenas noches, mi amor», le digo a la hendidura, a la manta, al aire que aún recuerda la forma de tu risa.

Recojo mi plato, tenedor y regreso a la cocina. A mitad de camino, me detengo y miro hacia el salón. Por un segundo, tan solo uno, imagino que el sillón se levantará y me seguirá, como tú, poniendo los ojos en blanco y diciendo: "¿Remojaste la sartén, Joshua?"; añadiéndole sílabas a mi nombre para que lleve el regaño y la sonrisa a la vez.

El sillón reclinable no se mueve.

Por supuesto que no.

Los sillones reclinables son confiables.

En la cocina, la sartén espera en el fregadero, con un anillo negro donde los huevos encontraron su destino. Abro el grifo y dejo correr el agua hasta que esté lo suficientemente caliente como para que funcione. El vapor sube, se expande y desaparece. Dejo el plato, cojo el bizcocho y empiezo la pequeña tarea de preparar algo para mañana.

CAPÍTULO 2

EL SALTADOR

Esa tarde empezó como todas mis tardes desde entonces. Como cuando uno comienza una nueva vida: con tareas que inventaba para no quedarse quieto.

Me dije a mí mismo que estaba "organizando el armario". Sonaba real, como si fuera a descubrir un sistema de archivos detrás de las cajas de zapatos y la ropa de invierno. En realidad, estaba buscando casi como un arqueólogo y como un mapache; sacando cajas viejas, murmurando sobre ese polvo que se metía directo en la nariz y hacía que cualquier recuerdo estornudara al tocarlo.

Tonto, ¿verdad?

La luz del sol se filtraba oblicuamente por la ventana del dormitorio y daba en la cómoda almohada de Maureen, convirtiendo las motas flotantes en una bola de nieve que alguien había sacudido con demasiada fuerza. Tenía tres cajas abiertas sobre la cama: una para «Conservar», otra para «Donar a la Madre Hubbard» y otra para «No estoy seguro de dónde vinieron».

"No estoy seguro de dónde vinieron" fue la ganadora.

Contenía, según el último recuento, una corbata con pequeños saxofones (¿qué estaba demostrando?), un par de calcetines con puntera (¿quién consideraba cómodo tener los dedos separados?) y una camiseta de una conferencia del año 2000 que proclamaba con orgullo: «Sobreviví al Y2K». Al parecer, no había sobrevivido al buen gusto.

En el rincón del fondo del armario, detrás de la maleta que solo usábamos cuando nos sentíamos optimistas sobre los asientos del avión, había una caja de cartón poco profunda con la tapa rota. Tenía un aura casi visible de algo que había ignorado a propósito. La saqué a rastras, con las rodillas protestando, y tuve que sentarme en el suelo para recuperar el aliento. (Cualquiera pensaría que el dolor al menos compensaría el espacio que ocupaba en mis pulmones).

Abrí la tapa y me quedé mirando una pila que podría haber servido también como pieza de museo: "Las malas decisiones de Josh: una retrospectiva".

Contenía un mixtape que le había hecho a Maureen con la radio (con todas las interrupciones del DJ, incluidas las imprudentes), una Polaroid mía con un corte de pelo que podría hacer que me arresten hoy, y luego, enterrado como el remate de un viejo chiste, mi viejo jersey de Georgia Tech. Nunca había estudiado en Georgia Tech mientras vivía en el estado de Georgia, EE.UU. hace tantos años, pero me había gustado mucho la mascota de la avispa, así que compré el jersey por pura casualidad.

Ahora era un tono distinto al que había sido. Raído, con un pequeño agujero en la manga, y descolorido hasta un tono de azul enfermizo casi cómico: el tono particular de algo que solía ser orgulloso y que había pasado por suficientes ciclos de lavado como para olvidar su dueño original.

Me reí a carcajadas. «¡Vaya! ¡Esta cosa vieja!» —dije— levantándola como si fuera a confesarme algo del pasado.

El punto se desplomaba entre mis dedos en líneas cansadas. Casi podía oír a Maureen gemir. Siempre lo había llamado «La Reliquia». «Ha visto cosas», decía, agarrándolo con el brazo extendido, «y ninguna buena».

Lo sostuve contra mi pecho y cerré los ojos.

Olía a cedro del pequeño bloque que Maureen solía guardar entre los jerseys. Debajo, o quizá encima —estas cosas no eran fieles a la física—, se percibía el fantasma de algo más cálido, el aroma que asociaba con el invierno y tu risa.

Sin pensarlo, me lo puse sobre la cabeza.

La memoria muscular lo facilitó, el jersey conocía mis hombros como una silla desgastada conoce mi suspiro favorito. El punto me rozaba las costillas con un roce que casi me dolía, cumpliendo así su función de forma convincente. Revisé la manga por costumbre (al agujero le habían salido dientes) y luego me miré al espejo del armario para ver qué aspecto tenía.

Fue entonces cuando la escuché.

—Josh, por Dios, ¿esa cosa todavía existe? Te dije que la quemaras en 1992.

Casi me caigo hacia atrás sobre el montón de cajas de zapatos. El corazón me dio un vuelco insoportable y acrobático en el pecho.

Giré, claro que giré; porque ¿de qué otra manera se saludaba a una voz que pertenecía a la persona que me hacía falta en cada molécula?

Allí estaba ella.

No era sólida, no como lo era la cama o como la puerta de un armario le enseñaría a tu frente certeza si te levantabas demasiado rápido.

Pero ella estaba *allí*: débil, traslúcida, sonriendo como si acabara de entrar de la cocina con una taza de café y con la expresión que ponía cuando contaba una historia que necesitaba ser pulida. La luz de la ventana pareció atravesarla y luego, pensándolo mejor, se aferró por un segundo a la forma de su hombro antes de vacilar.

—Maureen —dije, pero lo que salió fue cualquier sonido que un hombre cuyo nombre había caído de un acantilado y rodaba en su camino hacia abajo.

—Hola, mi amor —dijo, tan normal como el tiempo—. Bueno, mira ese jersey. Ha aprendido a atormentarte más que yo.

Extendí la mano. No lo planeé; de la misma manera que uno no planea parpadear ni tener esperanza. Mi mano temblaba. La levanté hasta su hombro, al lugar donde había apoyado la palma mil veces en mil cocinas; el lugar que había llevado bolsas, bebés y una vida conmigo. Mis dedos encontraron el aire. Si-guieron moviéndose y no fueron a ninguna parte. Su hombro era un espejismo con una silueta familiar.

Hice un pequeño ruido. Intenté reír y me senté exhausto, como un sollozo.

Maureen ladeó la cabeza, como lo hacía cuando estaba midiendo la ternura.

"Ay, Josh" —dijo—, y mi nombre se quebró dos veces: una de dolor y otra de alegría. "No te presiones, cariño. Estoy aquí de otra manera". Maureen sonrió, y allí estaban sus dientes; imperfectos con ese pequeño espacio, y tan deslumbrantes. Allí estaba su boca; una forma que había memorizado hacía siglos. Allí estaba el hoyuelo que aparecía para lanzar confeti cuando la sonrisa se complacía demasiado consigo misma.

Lo intenté de nuevo. "¿La falta de sueño finalmente me ha hecho empezar a alucinar?"

—¿Estás *alucinando*? —Maureen me miró fijamente—. No con ese jersey puesto.

Fue absurdo.

Era imposible.

Fue tan perfecto que Maureen llegara en medio de un desastre y decidiera, como sus primeras palabras desde lo que sea que existe en el más allá, fueran regañar a mi armario.

La alegría y la tristeza del momento chocaron como dos desconocidos en un portal. Me reí. La risa se convirtió en llanto, y ambos emitieron un sonido ahogado, tan incómodo, que, si alguien más hubiera estado presente, todos habríamos coincidido en llamarlo un experimento musical.

—Me dijiste que lo quemara —logré decir, secándome los ojos con la palma de la mano—. Lo hiciste, lo hiciste. Organizaste intervenciones. Celebraste tribunales en los patios traseros.

"Tuve testigos" —dijo Maureen—. "Pregúntale a Claire. Ella lo recordará. Presenté peticiones ante el Tribunal Nacional de Sentido Común. El juez —yo— dictaminó que era peligroso para el gusto y posiblemente para la salud".

"Tiene valor sentimental".

"Josh, tiene olor".

Hice un ruido que quería ser una risa, pero no lo conseguí. «Estás aquí» —dije—, lo cual fue como poner una bandera en un planeta que podría moverse bajo mis pies. «De verdad estás aquí».

Podía ver la brillante mancha del armario tras ella, la mancha borrosa del edredón entre sus codos. La física no prometía nada, pero la personalidad sí. Lo que constituía a «Maureen» en ese momento no tenía nada que ver con átomos, sino con la inclinación de la cabeza, la armonía de una frase, la forma en que evaluaba mi estupidez con su afecto encendido.

—Sí —dijo Maureen simplemente—. Te pusiste esa cosa y... bueno, no pude resistir la oportunidad.

—¿Es esto...? —La pregunta se desbordó—. ¿Has estado por aquí?

Su expresión se transformó rápidamente en un baile: el arrepentimiento se unió a la travesura. "Algo" —dijo—. "Es difícil de explicar. El tiempo es como un gato. Se te sienta encima, ronronea, a veces se aleja y no sabes cuánto lleva fuera. Hoy me llevó al armario y maulló a tu jersey".

«El tiempo es como un gato» —repetí—, porque mi cerebro se aferraba a la metáfora más sólida y cercana. «Maldita sea, claro que lo es».

Me miro las manos o a través de ellas. «Has estado hurgando».

—Organizando —mentí con cara seria—. Archivando. Seleccionando. Encontré el mixtape. La del DJ al que le encantaba sabotear la poesía.

—Ah, lo intentó —dijo ella, con un atisbo de nostalgia en su interior—. Me prometiste una canción, y luego entró de golpe para anunciar el precio del jamón en Woolies.

—Te lo compensé escribiéndote la carta. En el reverso de un catálogo de Woolies. —Tragué saliva. El nudo en la garganta era ridículo y muy real en temperatura—. No la tiré.

—Lo sé —dijo Maureen, y su forma de decirlo —suave, presumida y segura— me deshizo con una mano suave—. Conservaste todo lo que importaba y la mitad de lo que no.

Nos quedamos así o, mejor dicho, me quedé allí y tú hiciste lo que fuera que significara estar presente sin hacer mella. El dormitorio respiraba a nuestro alrededor. Quería memorizar este momento no por espectacular, sino por lo cotidiano: nuestra especialidad compartida.

—Di algo más —solté, temiendo de repente que, si no manteníamos las palabras en el aire, caerían como pájaros y el momento sería un simple aleteo—. Lo que sea. Bromea conmigo. Regáñame. Dime que cambie las sábanas como es debido.

Hizo una mueca de alegría. «Cambia bien las sábanas, Josh».

Me reí. «No puedes contrabandear cuatro palabras y mi nombre desde el más allá».

"Mírame" —dijo—, y lo hizo.

Me acerqué sin pensar y me detuve ante el temblor en el aire que era Maureen. Y como la quietud podría haberme partido en dos, volví al espejo. Nos encontramos allí, los tres: yo con un jersey que debería haber caducado cuando John Howard aún vivía, ella difuminada en el mundo como una línea de lápiz y el espacio entre ambos, ajetreado, brillante, de alguna manera poblado por todo lo que habíamos dicho y callado.

"¿Te duele, cariño?" —pregunté por reflejo, porque esa había sido la pregunta que había dominado nuestros últimos meses. Ahora saltaba por costumbre, tropezando con su propia urgencia.

La mirada de Maureen se suavizó. "No", dijo, y la sílaba fue tan compasiva que tuve que sentarme sobre la tapa cerrada de la maleta. "Ahora es diferente".

"¿Diferente en qué sentido?"

¿Sabes cómo se siente reír cuando ya estás llorando? —Ladeó la cabeza, buscando el punto preciso para entrar en mi comprensión—. ¿Cómo suceden ambas cosas a la vez y crean algo nuevo? Es así. Solo que más grande. Y más silencioso.

Asentí como si pudiera imaginarlo. Tal vez una parte de mí sí.

Intentamos charlar un poco porque la conversación seria amenazaba con derrumbarse bajo su propia honestidad. Le hablé de las plantas. Me contó que el gato del vecino había estado haciendo trampa en nuestro porche con nuestro cojín. Le pregunté si podía sostener algo. Levantó la mano hacia el tirador del armario y este parpadeó, el tirador se movió bruscamente y luego nada. Hizo una mueca. «No se me da muy bien la física, Josh. Tendrás que darme tiempo».

"El tiempo es como un gato"—le recordé—, porque alguno de nosotros debería recordar sus metáforas.

Miró el agujero en mi manga. "Podríamos empezar"—dijo, animando el tono, "por no usar eso en público".

Dije con voz dolida—. «El saltador y yo hemos pasado por mucho. Amores rotos por antiguas novias —todo lo sabes, porque te lo conté— y, por supuesto, cerveza barata».

—Así que ahora se merece una jubilación digna —dijo con energía—. Puedes doblarlo y darle un discurso. Agradecerle su servicio. Regálale un reloj.

—Es un reloj —dije, señalando un puño deshilachado—. Da la hora cuando siempre eran las dos de la mañana.

Maureen rió con esa sonrisa que me decía que me había dejado contar la broma como premio consuelo. "Póntelo aquí, entonces"—concedió—. "En esta habitación. Donde no pueda mortificarme. Para consolarme, quiero decir. Si... quieres consuelo".

Ahí estaba de nuevo, la delgada línea entre la alegría y el dolor. "Sí" —admití demasiado rápido—. "De verdad que sí".

Probamos los límites. Aprendimos que escuchaba mejor a Maureen cuando estaba tranquilo; que si me dejaba llevar por los pensamientos, se le nublaban los bordes. Aprendimos que si me quitaba el jersey —solo como experimento—, su silueta se atenuaba como la luz de una señal de teatro. Me lo volví a poner tan rápido que casi me disloco un hombro.

Ella rió un poco, negó con la cabeza y dijo: «No, cariño. No es una lámpara. No estoy en la tela. Estoy aquí porque, bueno, solo porque sí».

"¿Por qué?"

"Porque somos gente muy perseverante", dijo, y el "somos" hizo que mis costillas se sintieran como una campana.

Hubo preguntas que no hice: sobre a dónde iba cuando no estaba conmigo, si había una puerta y si había corriente de aire. Habría un momento para eso o no, y de cualquier manera, esta hora ya era mucho más de lo que había imaginado que el universo me devolvería.

Me puse de pie, resistiendo el impulso de volver a extender la mano. "¿Te preparo un café?" —pregunté—, porque ¿qué más haces cuando aparece tu difunta esposa y lo que deseas es imposible, pero aún sientes que deberías hacer algo lindo? "Sé que no puedes beberlo, pero podría dejarlo en tu sala de actividades. Por tradición".

—Me gustaría —dijo Maureen con solemnidad—. Y luego puedo sentarme aquí y criticar tus habilidades para preparar café. Desde un punto de vista moral.

—Siempre lo hacías —dije, yendo hacia la cocina. Me detuve con la mano en el marco de la puerta y me giré, seguro de que, si apartaba la mirada, se desvanecería como la tiza bajo la lluvia—. ¿Maureen?

"¿Mmm?"

—Tengo miedo —dije. La verdad era pequeña, sin adornos, y se derramó de mí como una moneda que había estado apretando con demasiada fuerza.

"Lo sé"—dijiste—. Ella dio un paso más cerca, sin hacer ningún ruido. "Yo también, en cierto modo. Pero míranos. Lo estamos logrando".

"¿Haciendo qué?"

—Sigo —dijo sonriendo—. Con rudeza, con terquedad, con prendas de punto cuestionables.

Me reí, y la risa se sostuvo por sí sola. "Pasa a la sala de actividades"—dije al abrir la puerta—. "Quédate" —le supliqué, observando sus modales—, "mientras preparo el café".

"Lo haré."

En la cocina, llené la tetera y escuché cómo se preparaba. La casa se sentía diferente; el eco tenía una respuesta. Calenté su taza favorita, la del chip que parecía de Tasmania, y la puse en la encimera junto a la mía. Cuando la tetera hizo clic, vertí y el vapor se elevó y se enroscó como la cola de un gato en el aire.

Con ambas tazas en la mano, entré en la sala de actividades, donde Maureen hacía toda su costura, manualidades y balanceaba ambas tazas de café como si fueran sagradas. Casi esperaba que la sala estuviera vacía por principio, que tuviera que aprender a aceptar la ausencia. Pero cuando me acosté, Maureen estaba allí, junto a la máquina de coser, precisa como un recuerdo y temblorosa como un latido.

—Ay, Joshua —dijo al ver las tazas—. ¿Te acordaste de la mía?

"La supervisión ayuda" —dije. Puse su taza en el banco de trabajo, justo a la izquierda de la máquina de coser y la mía a su lado. Me quedé a su lado y observé cómo subía el vapor del café.

El jersey me sujetó por las costillas y, por primera vez en las nuevas unidades que medían el dolor, me sentí más cálido de lo que la tela podía representar.

"Te dije que lo quemaras" —murmuró de nuevo porque los chistes eran nuestro rosario.

—Lo sé —dije con dulzura—. Pero si no lo hubiera hecho, ¿de qué te habrías burlado hoy?

—Ay, cariño —dijo, sonriendo tanto que pensé que la habitación se animaría un poco—. Me subestimas.

CAPÍTULO 3

LA PRUEBA ESTÁ EN EL SUÉTER

—Maureen, ven al dormitorio un segundo —dije.

Me senté en el borde de la cama; el jersey me colgaba suelto sobre los hombros y mi corazón aún resonaba como una cacerola caída. Maureen estaba justo ahí, *justo ahí*, con su sonrisa de satisfacción, como si hubiera salido de la nada. Mi mente, mientras tanto, se tambaleaba intentando recuperar el ritmo.

—¿Cómo... cómo es posible que esto suceda? —pregunté, con una voz entre súplica y acusación—. Estás aquí, pero no. Me hablas, pero... ¿cómo?

Maureen ladeó la cabeza como siempre hacía cuando una pregunta era imposible, pero no iba a dejar que eso le arruinara el día. "No sé, cariño. Un minuto no lo sabía, y al siguiente, sí. Te pusiste ese jersey ridículo, ¡y puf! ¡Instantáneamente embrujada!"

—Eso no es una explicación —murmuré.

Es la única que tengo. ¿Querías una presentación sobre el más allá? Lo siento, Josh, no repartieron manuales en las puertas del cielo. Suponiendo que hubiera puertas. Que yo sepa, solo era una parada de autobús cósmica.

Me froté la cara, intentando recuperar el sentido común. Una idea loca me asaltó. "Espera" —dije, tirando del dobladillo del jersey. "Déjame probar algo".

—Josh— Demasiado tarde. Me quité el jersey por la cabeza, con la estática crepitando en el pelo, y antes de que pudiera parpadear, ella se había ido. La habitación se hundió bajo su propio vacío.

"¿Maureen?" —susurré. Las paredes me devolvieron la mirada.

Sentí una opresión en el pecho con un dolor agudo y familiar. Claro. Claro, había sido un truco del dolor, una conjuración de la memoria. Me había abierto en mil pedazos con tanta fuerza que mi mente finalmente había dado un golpe de estado.

Me volví a poner el jersey por la cabeza, con las manos torpes, desesperadas. La lana me rozó la piel como si desaprobara mi prisa. Y entonces...

—Aquí estás —dijo, poniendo los ojos en blanco como si acabara de verme olvidar la tetera otra vez—. Bueno, ¿no eres un detective listo? Elemental, mi querido idiota.

Solté una carcajada que más bien parecía un ladrido. El alivio y el horror se abrían paso en mi pecho. "¿Así que ya está?

Si me pongo el jersey, estás aquí. Si me lo quito, desapareces. ¿Qué se supone que debo entender?"

—Ese cielo tiene sentido del humor —dijo sin dudarlo. Se recostó contra el armario como si fuera la dueña del lugar—. Te rogué durante años que tiraras esa cosa, y en cambio se ha convertido en mi tarjeta de presentación. Dios tiene que ser cómico.

Tiré de la manga, mirando el agujero deshilachado, el color miserable. "Estás atada a mi prenda menos atractiva".

Maureen sonrió, malvada y orgullosa. "Bueno, siempre me necesitabas para mantenerte humilde".

Me tapé la cara con las manos, medio riendo, medio gimiendo. «Esto no puede ser real. O me estoy volviendo loco o mis votos matrimoniales se extienden ahora a las prendas de punto. Hasta que la muerte y el jersey nos separe».

—No estás loco —dijo, y por un momento su voz se suavizó—. Y aunque lo estuvieras, eres mi tipo de loco.

La miré —translúcida, tenue, pero tan suya— y no sabía si agradecerle o llamar al manicomio más cercano y reservar una habitación. Ambas opciones parecían razonables.

Me guiñó un ojo. «No te preocupes, cariño. Si te registras, seguiré aquí. Sentada en la esquina, burlándome de tu bata de hospital». Así era Maureen de pies a cabeza: todavía capaz de convertir mi desenlace en una broma, todavía capaz de hacerme sentir, en un solo suspiro, que estaba completamente condenado y de algún modo, a salvo. Y por primera vez en 90 días, no me sentí completamente solo.

CAPÍTULO 4

VUELVEN LAS BROMAS DE MAUREEN

Lo más extraño de ver a tu esposa muerta en tu habitación no es la conmoción. La conmoción es breve, fuerte, un momento que te deja el corazón a punto de estallar. Lo más extraño es lo que viene después: cómo tu cuerpo recuerda el ritmo de su presencia, cómo tu boca vuelve a la misma charla, como si 90 días de silencio fueran solo un suspiro.

Yo estaba en el salón todavía con el jersey puesto (mi nuevo y no deseado billete para aparecer en público) y estaba sentado jugueteando con el puño mordisqueado, cuando Maureen, translúcida y satisfecha, inclinó la cabeza hacia mí.

—Josh —dijo—. ¿Puedo preguntarte algo?

"Claro"—, dije.

—Por cierto, ¿qué te has hecho en la cara?

"¿Y mi cara?" —pregunté, ya cauteloso.

—Tienes la barba descuidada como una colcha de segunda mano. De verdad, pareces como si te hubiera asaltado una cortadora de césped y te hubieras perdido. —Sus labios se burlaron de mí.

—Bueno, perdóname. Los fantasmas no tienen cita en la peluquería, Maureen. No puedes sermonearme desde el otro lado sobre cuidado personal.

Sus ojos brillaron. "Disculpe, señor. Compré una maquinilla de afeitar en 2009 y decidí que era una reliquia familiar". He tenido opiniones sobre su vello facial desde nuestra segunda cita. La muerte no ha cambiado eso.

Las palabras me impactaron con una intensidad tan normal que por un instante olvidé todo lo demás. Solo éramos nosotros: el combate habitual, la risa escondida tras cada pulla. El sonido que salió de mí fue una risa genuina: fuerte, áspera, con los hombros temblorosos, de esas que no había emitido en semanas.

—Quizás me lo deje crecer —dije, acariciándome la barbilla teatralmente—. Convertirme en uno de esos viudos misteriosos con barba de Gandalf. Las mujeres me pararán por la calle y me preguntarán si he visto a sus hobbits perdidos.

Nunca pasarás de lo de las manchas, cariño. Llevas la barbilla en huelga desde que te conocí.

"Duro."

"Verdadero."

Me reí de nuevo, porque tenía razón, y por unos segundos de oro, no fui un hombre viudo hace tres meses con un jersey demasiado feo para vivir. Era simplemente Josh, casado con Maureen y objeto de sus burlas amorosas.

Pero la memoria muscular es una traidora engañosa.

Sin pensarlo, me puse de pie, abriendo los brazos automáticamente. La abracé como lo había hecho mil veces: cuando volvía del jardín, cuando llevaba bolsas de la compra, cuando se levantaba medio dormida del sillón. Mi cuerpo se preparó para el peso, para el calor, para la firmeza de su hombro bajo mi mano.

Y me tambaleé hacia adelante, hacia la nada.

El impulso casi me hizo caer al suelo.

Me contuve, mi risa se desmoronó en un sonido roto que no pude disimular. El sonido que nunca quieres hacer delante de nadie.

Su rostro cambió al instante, y su tono burlón se desvaneció. Se acercó un paso más —aunque no significaba nada— y su voz era tranquila. "Josh..."

No pude mirarla.

Mis manos y hombros temblaban.

—Maldita sea, Maureen. Esto no es suficiente —dije con voz ahogada—. Estás aquí y no estás. Puedo oírte, puedo verte, pero no puedo abrazarte, y abrazarte es lo que más deseo.

La expresión de Maureen se suavizó hasta tal punto que me partió de un golpe. Su voz era un susurro, de esos que te hacen inclinar los huesos para escuchar. «Estoy aquí, cariño. Solo que diferente».

Me limpié la cara con la manga del jersey, dejando una mancha oscura y húmeda sobre la lana.

Ella se dió cuenta, por supuesto.

—Bueno —dijo con dulzura—, al menos por fin le has encontrado un uso a esa monstruosidad. Absorbente.

El chiste le salió perfecto, y de alguna manera mis sollozos se convirtieron en risas. Risas ridículas, enredadas y desordenadas, pero risa, al fin y al cabo. Sentí como si el dolor y la comedia se estuvieran disputando un pulso dentro de mí, sin que ninguno ganara.

Me senté en mi sillón reclinable, recuperando el aliento. Ella sonreía. "Así es", dijo. "Te gusta más".

Negué con la cabeza, sin dejar de reírme débilmente. «Siempre has sido el peor en el momento».

"El tiempo lo es todo, mi amor".

Se sentó, o pareció hacerlo, en su sillón reclinable, que claramente pretendía reclamar incluso en forma de fantasma. "Además, si esperara a que te dignaras, esperaría eternamente".

Señalé el desorden circundante: pañuelos a medio usar, la torre de libros en el suelo que no se había tocado, la capa de polvo que se acumulaba en el mueble del televisor. "¿Supongo que también vienes a comentar sobre la limpieza?"

Ella sorbió por la nariz, inspeccionando los montones con su habitual ceja levantada. «Me muero durante tres meses, y tú olvidas cómo ordenar. Mira ese desastre. Sucio como un político. ¿Acaso recuerdas cómo doblar una sábana ajustable?»

—No. Entonces dóblalos tú mismo —repliqué, con una sonrisa en los labios.

Su sonrisa brilló con picardía. "Lo haría, si la física no insistiera en ser tan aguafiestas".

La risa que me salió fue casi vertiginosa. "¿Te das cuenta de lo que es esto? 90 días sin ti y volvemos a discutir por sábanas".

—Sí —dijo ella simplemente—. ¿No es maravilloso?

Fue.

Fue absurdo y desgarrador y tan maravillosamente y dolorosamente ordinario.

Nos sentamos así un rato. Volvió a juguetear con mi barba, me exigió que limpiara el polvo de encima del armario ("Has creado un ecosistema completamente nuevo ahí arriba") y me acusó de tener las persianas torcidas a propósito. Le repliqué que seguía siendo mandona incluso sin pulso, y ella simplemente sonrió y dijo: "Hay cosas que trascienden la mortalidad".

El dolor nunca desapareció (¿cómo podría?), pero se enroscó alrededor de la risa en lugar de tragarla entera.

En un momento dado, volví a intentar alcanzarla, aunque sabía que no debía hacerlo. Mi mano la atravesó, claro, pero esta vez me estabilicé, no tropecé.

Ella me observó.

—No —susurró—. No te tortures así.

"No puedo evitarlo."

—Lo sé —sonrió suavemente—. Por eso volví. Para ayudarte a intentarlo.

Y luego, como nunca podía dejarme revolcarme mucho tiempo, añadió: «Pero también para salvar a tus hijos de tu barba. De nada».

Eché la cabeza hacia atrás y me reí; el sonido fue tan fuerte que hizo vibrar los cristales de los marcos de las fotos.

Por primera vez desde el funeral, sentí más risa que angustia.

Y por primera vez en 90 días, no me sentí completamente solo en la habitación.

CAPÍTULO 5

JUEGO DE MESA PARA DOS

Al caer la tarde, la casa se había sumido en ese silencio previo a la noche que siempre te hacía coger el control remoto a distancia. No lo hice. Últimamente, la tele era una trampa; una noticia y me metía debajo de la mesa como una suricata en estado de shock. En cambio, me dediqué a la noble tarea de la cena, que en mis manos era menos «arte culinario» y más «un experimento químico realizado por un hombre distraído con prendas de punto».

Me mantuve con el jersey puesto.

Por supuesto que lo hice. Claro que sí.

Si mis opciones fueran (A) parecer que perdí una pelea con una lavadora, pero tener a Maureen, o (B) vestirme como un ser humano y arriesgarme al silencio, usaría esta enfermiza reliquia azul para ir a una boda real.

—Bien —anuncié a la cocina—. Queremos que sea comestible.

Desde la puerta del dormitorio principal, Maureen resopló con dignidad. "Apunta más alto. Que sea reconocible como comida debería ser nuestro punto de partida".

Levanté una cacerola como escudo. «Pasta. ¿Qué tan dura puede ser la pasta?»

"Famosas últimas palabras", dijo, sentándose —o pareciendo sentarse— en la mesa del comedor donde reposaba el frutero con dos plátanos marrones y una pera lo suficientemente vieja como para votar.

Llené una olla y la puse sobre el fuego.

El lento consentimiento del agua para hervir me pareció una bendición; al menos la física seguía respondiendo a mis llamadas. Consulté un paquete de penne como si pudiera revelarme sabiduría marital. «10 minutos», leí en voz alta.

—O hasta que lo olvides —murmuró Maureen.

"Esta noche no, mi amor, porque esta noche tengo compañía".

Puse un cronómetro como un adulto responsable y busqué opciones de salsa. Había un frasco de algo parecido al tomate, un puñado de aceitunas y media cebolla que había tenido mejores días. "Haremos algo con temática mediterránea"—, dije con valentía.

Maureen se levantó de la mesa y se inclinó —no proyectaba sombra, pero de alguna manera, aún tenía presencia— y estudió la cebolla. "Ya sabes, una tiene voluntad".

"Todos lo hacen."

Comencé a cortar con lo que esperaba que pareciera confianza y lo que probablemente parecía un hombre negociando con una verdura.

"¿Recuerdas nuestra primera unidad?" —pregunté, echando cebolla a la sartén con un gesto que no impresionó a nadie. "Teníamos esa estufa inestable y la sartén con trastorno de personalidad".

—Me hiciste una tortilla que aguantaba el fuego de artillería —dijo sonriendo—. Y además, me casé contigo.

"Por la tortilla" —, insistí.

"A pesar de la tortilla."

La cebolla silbó en la mantequilla. Me sentí absurdamente orgulloso.

Dejé que el orgullo se quedara en mi lengua un momento, luego dejé que se derritiera, porque el placer genuino no era el sonido de la cocina, sino el comentario.

90 días de silencio se habían transformado en esta domesticidad burbujeante y provocadora, y yo quería beberla como agua.

"¿Vino?" pregunté abriendo la nevera.

—Para ti —dijo—. No puedo disfrutar precisamente de un Pinot en mi estado actual.

"Puedo verterlo y dejarlo ahí", ofrecí.

¿Y verte beber dos copas para compensar? Es tentador, pero ya sabes lo mareado que te pones con más de una copa.

Sólo serví un vaso.

El cronómetro marcaba los siete minutos. Revolví las cebollas, añadí la salsa en frasco, un chorrito de agua, un puñado de aceitunas y —en un arrebato de optimismo del que Maureen se habría burlado al respirar— unas hojas de la albahaca marchita del alféizar. La salsa tenía un aspecto pasable. La pasta se ablandó obedientemente.

Por una vez, la alarma de humo permaneció silenciosa y distante, como un aristócrata en el exilio.

—Pon la mesa —dijo Maureen, con la naturalidad de quien buscaba los cubiertos—. Como es debido. Servilletas. Platos que no estén en una torre precaria. Nada de estilo de soltero.

Saqué dos platos del armario.

Mi mano vaciló.

Luego dejé ambos en el suelo.

Uno para mí y otro para ella.

Mi pecho experimentó esa dolorosa hinchazón, como cuando una risa a veces se tuerce el tobillo y se convierte en un sollozo.

Ella lo notó. "Está bien", dijo con más suavidad. "Me gusta el ritual. Hazlo".

Lo hice.

Dos platos, dos tenedores, dos cucharas, dos copas (aunque solo una con vino). Incluso puse un tercer platito para el queso rallado, porque soy un hombre con delirios de grandeza. Encendí una vela del cajón —de esas cortas y robustas que se compran para los apagones— y la coloqué entre nosotros.

Me pareció cursi y perfecto.

El cronómetro cantó.

Escurrí la pasta sin problema, lo cual me pareció merecedor de una ovación de pie, y luego combiné la salsa con el penne con la gracia vacilante de un viudo que oficia su primera boda. Llevé los cuencos a la mesa y me senté. Frente a mí, Maureen se acomodó en su silla como si sintiera el cojín.

Ella no pudo.

Ambos fingimos.

Di mi primer bocado.

Estuvo bien.

Ni un triunfo, ni un crimen de guerra.

"¿Y bien?", pregunté, encantado de tener otra audiencia. "¿Una nota del 1 al 10?"

—Por no quemar la casa: ocho —dijo con los ojos brillantes—. Por el condimento: cinco. Por la presentación: cariño, serviste la pasta como si estuvieras tapando baches.

"Quería algo rústico".

"Bueno, has logrado hacer las obras de carretera".

Nos adaptamos a los viejos ritmos tan rápido que sentí como si despertara a una vida que solo había soñado. Comí despacio para que el momento durara más. Le conté sobre el progreso de las plantas y me regañó por olvidarme de podar las cabezas de geranios muertos.

Me quejé de los precios en Woolies. Dije que todo está subiendo; que hay que aprender a presupuestar. Discutimos sobre si la sal estaba más cerca de mí o de ella (estaba delante de mí; la deslicé de todos modos).

En un momento levanté mi copa de vino y ella levantó su mano vacía e hicimos el movimiento de chocar nuestras copas.

No hay sonido.

Aun así, el gesto parecía completo.

"¿Sabes qué es esto?" —, dije, haciendo girar la pasta como la había visto hacerlo cientos de veces y nunca había logrado dominarla—. "Es ridículo lo feliz que estoy ahora mismo".

"Ridículo es nuestra marca", dijo. "Además, llevas puesto el jersey. La dignidad tiene un límite".

Miré el punto azul enfermizo, los hilos sueltos, el agujero que parecía una boca de caricatura, eternamente sorprendido de su propia existencia. "Supongo que una cena-teatro requiere disfraz".

"Oh, sí que lo hace."

Estábamos en medio de una comparación de notas sobre si el nuevo seto del vecino era un topiario o un grito de ayuda cuando se oyeron pasos en los escalones de entrada y la puerta golpeó al ritmo impaciente de Sophie.

"¿Papá?" —, llamó, entrando sin esperar, como siempre. La voz de Sophie transmite urgencia incluso al pedir un café. "Te traje este folleto de mindfulness; esta noche hay una introducción gratuita".

Mi tenedor se quedó congelado a medio camino de mi boca. Frente a mí, las cejas de Maureen se arquearon con alegría. "Espectáculo", susurró.

Sophie dobló la esquina de la cocina y se detuvo. Sus ojos se fijaron en la vela, los dos platos, las dos servilletas y el vaso extra.

Su mirada se agudizó.

—Papá —dijo despacio y con cuidado, como si sus palabras pudieran asustarme—, ¿estás esperando a alguien?

—Ah. —Miré a Maureen, que se lo estaba pasando en grande—. Tradición —balbuceé—. Solo para mantener vivas las tradiciones.

Sophie miró la silla vacía frente a mí. Tenía la inocencia exasperante de un mueble. «Dos platos es una tradición arraigada».

—Serví de más —dije—. Ya me conoces. Generoso hasta la exageración.

"Sí, ¿verdad?"

Dejó su bolso en la encimera de la cocina y se acercó como si yo fuera un animal salvaje al que no quería asustar. Llegó a la mesa y olfateó.

"Huele bien", admitió sorprendida.

—Es comida —dije alegremente—. Reconocible como tal.

Sus ojos se posaron en el jersey. «Lo has conservado».

"Valor sentimental", dije.

"Y huele mal", añadió Maureen, tan remilgada como una jueza.

Me atraganté con la risa y tosí para disimularla.

Sophie me entregó un folleto de papel como si pudiera desactivar una bomba.

"Es una serie de ocho semanas", dijo, señalando el horario. "Trabajo de respiración, movimiento suave, una comunidad de personas que lidian con el duelo. Podría ayudar".

Maureen se inclinó hacia mí, con aire cómplice. "Pregunta si ofrecen un módulo sobre 'No prender fuego a la pasta'".

Tomé el folleto y asentí como un cabezón. «Gracias. Muy considerado».

La mirada de Sophie volvió a posarse en el cubierto extra. «Papá», dijo, ahora con más suavidad, «podemos ponerle un lugar a mamá a veces. Si eso ayuda. Hay gente que lo hace. Pero podría doler más. No lo sé». Tragó saliva.

Al otro lado de la mesa, el rostro de Maureen se suavizó. «Se está esforzando mucho», susurró. «Sé amable».

—Lo sé —susurré, y entonces me di cuenta de que lo había dicho en voz alta. Sophie ladeó la cabeza.

"Sabes...?"

—Sé que lo intentas —dije de golpe—. Y te lo agradezco. De verdad.

Exhaló, aliviada de haber aterrizado en algún lugar. "Bien. Porque también traje esto".

De su bolso sacó un pequeño objeto brillante, como una nave espacial de juguete. «Un difusor de aceites esenciales. Una mezcla relajante. Lavanda, manzanilla, algo llamado 'Agua de Luna', que probablemente sea solo publicidad destilada».

Maureen aplaudió con sus manos espectrales. "¡Agua de Luna! Hemos llegado a la era cristalina".

Sophie lo enchufó.

En segundos, la cocina empezó a exhalar una nube cortés que olía a spa, intentando no ofender a nadie. "Puedo quedarme", dijo. "Podríamos ver algo. O podría quedarme, ya sabes, en el salón, mientras terminas".

—No tienes que hacerlo, cariño —dije, quizá demasiado rápido. Ella lo oyó y se estremeció. Suavicé la voz—. Pero gracias.

Ella asintió, torpemente, flotando.

Su mirada volvió al sillón reclinable vacío.

"A veces", —dijo casi en un susurro—, "yo también hablo con ella. En mi coche. Le digo buenas noches y que por favor no me dejes olvidar el parquímetro y a veces oigo, no sé, ni palabras. Como un codazo."

Hizo una mueca como si hubiera confesado haber robado en una tienda. "Parece que estoy enfadada".

—No —dije, con un nudo en la garganta—. Suenas como mi hija.

Ella parpadeó rápidamente.

—De acuerdo. —Se enderezó, reencontró el hilo de su misión—. Bueno. Te dejo con lo tuyo. ¿Pero, papá? —Miró la vela, los dos platos, a mí con ese jersey—. Si alguna vez quieres comer con alguien que de verdad coma, llámame. O a Claire. O a Daniel. Podemos llevar algo más que un folleto. Sabes que nos preocupamos.

—Lo haré —dije. Y lo decía en serio.

Sophie me apretó el hombro (su mano era cálida y real) y se fue en un remolino de vapor lavanda y papeleo.

La puerta principal se cerró. La casa exhaló.

Frente a mí, Maureen se levantó de su silla con un gesto teatral.

"Me gusta su difusor", dijo. "Hace que la cocina huela como una profesora de yoga".

—Agua de Luna —dije—. ¡Genial! Ya hemos entrado en la astrología.

Cuidado. Si Claire trae cristales, tendremos que organizar una intervención desde ambos lados del velo.

Me hundí en mi silla.

Mi pulso se hizo más lento.

La vela titilaba, orgullosa de haber terminado un cameo completo. La pasta se había enfriado y se había endurecido, pero seguí comiendo porque dejar el tenedor era como admitirle al universo que había ganado.

—Está preocupada —dijo Maureen con más suavidad—. Todas lo están. Y tienen razón.

—Lo sé, cariño. Lo sé.

Me quedé mirando el vaso vacío que le había preparado. La ausencia seguía siendo una ausencia por mucho que bromeáramos con ella. "Lo sé" —repetí, esta vez para los dos.

Comimos —bueno, yo comí y ella comentó— y la conversación se desvió hacia temas más seguros: el auto nuevo del vecino (rojo, crisis de la mediana edad), la mancha quemada por el sol en el césped (acusadora), la forma en que el difusor hacía que nuestra casa oliera como una pequeña y manejable esperanza.

En un momento levanté el vino e hice un gesto, y Maureen no levantó nada y me correspondió en el gesto, y el clic que no se produjo sonó de todos modos en la parte de mí que había aprendido a escuchar con la memoria.

"¿Te acuerdas?" —pregunté—. "¿La noche que se fue la luz e hicimos ese ridículo picnic a la luz de las velas en el balcón del apartamento con lo que teníamos en la despensa? ¿Atún enlatado, galletas rancias, pepinillos y chispas de chocolate?"

"Y lo declaramos *alta* cocina" —dijo—. "Éramos pobres y felices, estábamos completamente convencidos de que éramos unos genios".

"Claro que sí" —dije, y para mi sorpresa, no me costó decirlo. Brillaba, como una ventana lejana cuando pasabas por allí de noche y te preguntabas quién vivía allí.

Cuando los cuencos ya eran casi historia, recogí los platos.

La costumbre me hizo extender la mano para coger el suyo, y a mitad de camino me recordó que no había nada que recoger. Me estremecí, sonreí, puse mi plato sobre el suyo para poder llevar dos a la vez y me puse de pie.

—Progreso —dijo divertida—. Eficiencia al fin.

"Por fin" —repetí.

Lavamos los platos juntos, yo lavando y ella dirigiendo. "Inclina el plato" —dijo. "Colócalo correctamente para que quepan más, y luego puedes usar el lavavajillas por la mañana para aprovechar los paneles solares".

"Uno pensaría que el acecho cambiaría tus prioridades", dije.

—Sí —dijo ella—. Solo me quejo por lo que importa.

"Entonces, los ángulos importan".

"La limpieza es casi tan buena como la santidad" —dijo con remilgo, y luego lo arruinó con una sonrisa—. "Y también te impidió enfurruñarte".

Cuando el último tenedor quedó en el estante como una valla de plata, volvimos a la mesa. La vela se había derrumbado sobre sí misma, un pequeño cráter blanco. Apreté la mecha y exhaló una columna de humo que se elevaba hacia el techo como si leyera una última línea.

—Lo logramos —dije—. Cenamos sin incidentes. Casi sin incidentes.

"Estuviste encantador" —dijo—. "Y no quemaste el ajo, que es lo que hace crecer".

"¿Quieres postre?" —pregunté—. "Podría poner una galleta en un plato y decir que es continental".

Ella se rió. "Te veré comerlo y te daré notas".

"Suena romántico."

"Siempre lo fue."

Fui a buscar dos galletas, porque yo era un hombre decidido a fingir que era correcto, y puse una en el plato frente a ella y otra frente a mí.

Me comí el mío en bocados absurdamente pequeños para que durara.

Ella narró los sentimientos de la galleta al ser elegida.

"Es un honor" —dijo—. "Siempre ha tenido la esperanza de formar parte de un momento".

Cuando las migajas eran leales sólo al mantel, nos sentamos en un silencio que no me apresuré a llenar.

Afuera, el cielo terminaba de oscurecerse. El difusor zumbaba como una abeja muy concentrada.

En algún lugar, el perro de un vecino ladró fuerte.

—Podría acostumbrarme a esto —dije por fin, en voz baja—. Las conversaciones. Las órdenes. La compañía.

—Cuento con ello —dijo ella—. ¿Pero, Josh?

"¿Qué, cariño?"

"Prométeme algo."

Depende. ¿Implica cambiar el jersey?

"Esta noche no."

Ladeó la cabeza, y la mirada seria y cariñosa que había aprendido a respetar se apoderó de mí. «Prométeme que a veces comerás con alguien con pulso. Claire. Sophie. Daniel. Un amigo, hombre o mujer, pero sobre todo mujer, porque sé que necesitas compañía femenina. No tiene que ser algo sofisticado. Un sándwich tostado servirá. Solo en el espacio físico, como diría Daniel».

—Carne —repetí, haciendo una mueca—. ¡Qué palabra tan horrible!

—Buena práctica —dijo ella, sonriendo—. Lo prometo.

Miré la placa de repuesto, el cráter de la vela, la manga del jersey deshilachada como un diagrama del tiempo. Se me hinchó la garganta.

—Claro, lo prometo —dije—. A veces.

"Ese es mi chico."

Limpié los últimos restos de nuestra cena para dos: la comedia de una mesa puesta para lo que el mundo insistiría que era para uno.

En la sala, nuestros sillones reclinables esperaban con sus tranquilas hendiduras, complacientes y acogedores. Me senté en el sillón con todos sus cojines y le di unas palmaditas al cojín a mi lado para animarla.

Ella vino y se sentó, ocupando el espacio que ocuparía una persona. No la rodeé con el brazo, como me pedía el corazón y la memoria. En cambio, metí las manos bajo los muslos y escuché la respiración de la casa.

"¿Quieres la radio o la televisión?" pregunté, tímido.

Ella negó con la cabeza. "Todavía no. Dejemos que el silencio se convierta en ruido por un rato".

Así lo hicimos.

Y sí me ardían los ojos, y sí una o dos veces se me escapaba una carcajada por absolutamente nada porque parecía una puntuación necesaria, bueno, esa era simplemente la nueva gramática nuestra: primero la risa, después el dolor, y luego otra vez la risa.

Me quedé dormido en el salón así: con el jersey puesto, el difusor encendido; mi último pensamiento, la ridícula certeza de que mañana por la noche cortaría la cebolla más pequeña, pondría más sal al agua y volvería a poner dos platos, porque, aunque sólo uno de nosotros pudiera comer, los dos teníamos hambre.

CAPÍTULO 6

JERSEY AZUL Y CHAQUETA AMARILLA

Acababa de prepararme una taza de café del color de una tarde oscura y me había acomodado en mi sillón reclinable (el que se había acostumbrado a mi dolor y también a mi delicada cadera derecha) cuando Claire entró como una representante sindical de hijos adultos.

—Reunión familiar —anunció mientras reorganizaba mis posavasos.

Mi hijo mayor tenía dos superpoderes: tomar el control y obligarme a limpiar superficies que no sabía que existían.

Detrás de ella, Daniel, alto y desgarbado, seguía intentando aclimatarse a sus treinta sin arrugarse, y Sophie, con el pulgar ya flotando sobre su teléfono como un colibrí sobre el néctar. Su expresión decía: «Di la palabra «confusión», papá, y te buscaré en Google para encontrar un centro de salud esta tarde».

"No recuerdo haber votado para una reunión familiar", dije mientras soplaba mi café, que valientemente se negó a enfriarse.

Los tres se sentaron en el salón, a mi lado.

Claire se sentó en el borde, con la postura de una regla nueva. "Notamos algunas cosas, papá".

"¿Nos dimos cuenta?", pregunté.

—Claire se dio cuenta —dijo Daniel—. Nos dijeron que nos diéramos cuenta.

Sophie asintió, con la vista fija en el brillo de la pantalla. "Tengo abiertas tres listas de síntomas de demencia, pero soy flexible".

—Excelente —dije—. Un diagnóstico flexible. Muy moderno.

Desde su sillón reclinable, Maureen sonrió como una colegiala traviesa que acaba de descubrir la ginebra de la directora. "Te lo dije" —dijo—. "Les sacas el dramatismo".

Casi se me cae la taza. No porque estuviera aquí —llevaba días así—, sino porque hoy se veía radiante. La luz de la habitación había iluminado las puntas de su pelo, ese color rojizo que jamás podría describir sin sonar enamorado e inexacto.

El suéter de Georgia Tech que llevaba puesto (es azul, no blanco y dorado, ni dorado y blanco; sí, sí, todos los que alguna vez fueron a Georgia Tech, guarden sus correos electrónicos; es azul en mi memoria y esa es la versión que me compró la vida) zumbaba contra mi piel como una radio apenas sintonizada.

Claire aplaudió una vez. «Papá. Cuéntanos otra vez cómo conociste a mamá».

El rostro de Sophie se suavizó un poco. Daniel se adelantó. Todos conocían la historia, pero eran mis hijos; les encantaban los éxitos. Que les den la mejor canción del álbum de mi vida.

—De acuerdo —dije, acomodándome—. Pero si llego al final de la canción, alguien me preparará otro café.

Me aclaré la garganta.

Fue el verano en que les dije a todos que iba a ser arquitecto, porque a esa edad se anunciaban carreras como pronósticos del tiempo: mayormente optimistas, a veces precisos y basados en formaciones de nubes que no se entendían. Había llegado a Atlanta en 1962, con la arrogancia de un joven de 19 años y un amor infernal por un insecto amarillo con suéter: Buzz, la mascota de Georgia Tech. Quería ir a Georgia Tech, diseñar edificios magníficos y tener más lápices de los que cualquier hombre debería tener.

Y me encantó todo el ambiente. The Ramblin' Wreck, las canciones, la idea de ser un Ramblin' Wreck yo mismo, que ahora, como tu padre, puedo confirmar que no logré mi objetivo y me dediqué a la banca.

"Confirmado" —dijo Daniel.

Así que, estoy paseando por la tienda del campus, ¿no? Este lugar era como un santuario al espíritu universitario. Banderas. Pancartas. Tazas con asas tan grandes que cabía un apretón de manos. Había hileras de suéteres —jerseys, para quienes buscan esas diferencias— con pequeños parches y letras grandes, y la promesa de que, si comprabas uno, te convertirías en la persona cuyos dientes brillaban en las fotos del anuario.

Maureen tosió levemente. «Llega a la parte en la que parezco un ángel con una cuota de ventas».

—Y entonces —dije—, se me acercó una joven. Tenía el pelo rojizo...

Sophie suspiró. «Lo sabemos. Como un zorro que cae bajo un rayo de sol».

"Como si el otoño susurrara un secreto" —corregí porque la precisión importaba—. "Me sonrió, ¿y sabes que dicen que una sonrisa ilumina la habitación? Era todo el edificio. La luz se apagó un segundo. Dijo: "¿Puedo ayudarte?", e intenté hablar, pero lo que salió fue un ruido que solo oyen los perros y los bibliotecarios tímidos".

"Habría pagado por ver eso" —dijo Daniel.

Se presentó: «Soy Maureen», y pensé: «*¡Dios mío!, ahora los vendedores usan nombres de control mental*». Me sonó como música. Señalé un estante de suéteres y dije, con un acento que era solo noventa por ciento cubano (de parte de mis padres) y diez por ciento de terror (de mi parte): «¿El azul, quizás?».

¿Azul? ¿Sabes que esos no son los colores de Georgia Tech? Son dorado y blanco. Esta es solo una imitación. No es ropa auténtica de Georgia Tech —dijo Claire, mirando de reojo a Sophie y asintiendo hacia mí.

"Sí, lo sé, pero quería un suéter azul", dije. "Un precioso suéter azul de Georgia Tech con el nombre de la universidad en la parte delantera. Lo sacó de un perchero en la trastienda como un mago sacando un conejo y me lo mostró con los ojos entrecerrados. Estaba calculando todo, desde mi talla hasta mi inocencia y mi límite de crédito. Miré la etiqueta del precio y, como no era "genuino", se ajustaba perfectamente a mi presupuesto e incluso me sobró algo para comer. Así que asentí, la miré y sonrió. Juro que oí cantar a un coro, así que me compré el suéter. Y compré la esperanza que traía consigo".

Maureen frunció el ceño. "También compraste un llavero que fingiste ser para 'una amiga'".

Ese llavero todavía abre el buzón que no me pertenece, pensé, apenas conteniéndome para no decirlo en voz alta.

"¿Y luego?" preguntó Sophie.

"Y entonces" —dije, con el corazón latiéndome con fuerza al recordarlo—, "no recuerdo bien cómo formé la frase, pero le pregunté si quería tomar un café conmigo. Esperaba risas o un folleto sobre atención al cliente, pero dijo que sí. Así sin más. Dijo que sí, y quedamos en vernos, y todo lo que siguió fue... bueno, sus vidas, francamente".

Por un momento, el silencio se apoderó de ellos como una manta suave. Los vi recordando a su madre: cómo inclinaba la cabeza cuando mentía, cómo podía escuchar con toda la cara, cómo podía encontrar la frase más graciosa en medio del peor problema. Miré hacia el sillón. Ella los observaba: tierna, orgullosa y encantada.

—Bueno, mamá, australiana, trabajaba en la tienda estadounidense. ¿No te pareció extraño, papá?

No, teníamos a mucha gente de otras partes del mundo en la universidad, y luego me enteré de que su padre era profesor visitante de ingeniería de la Universidad Tecnológica de Nueva Gales del Sur y estaba haciendo una pasantía en Georgia Tech, y ella también estaba estudiando su propia carrera. Una Licenciatura en Ciencias en Tecnología Musical. ¡Imagínate! ¡En Georgia Tech!

"Sí" —dijo Sophie—, "y sabemos lo bien que cantaba mamá, ¿verdad?"

Todos nos reímos de eso mientras Maureen me miraba fijamente.

—De acuerdo —dijo Claire, carraspeando—. Gracias por la historia, papá. Y por insistir en que el azul es el color de Georgia Tech.

—Históricamente polémico —murmuró Daniel.

—Pero —continuó Claire, de nuevo con tono profesional—, no convocamos esta reunión solo por nostalgia. Estamos preocupadas.

"¿Sobre qué?" —pregunté, aunque ya lo sabía—.

Sophie levantó el teléfono como si fuera una prueba judicial. "Sobre ti y lo que le dijiste a Daniel la semana pasada por teléfono. Que estabas, bueno, viendo a mamá".

—Sí —dije—. La estoy viendo.

—Papá. —La voz de Claire se suavizó, pero sus palabras eran firmes—. Todos extrañamos a mamá. A veces también hablamos con ella. Pero tú has sido diferente.

"¿Cómo?" —pregunté.

"Dejas dos tazas ahora" —dijo Daniel, mirando fijamente la taza que estaba al lado de mi sillón reclinable y la otra al lado de la de Maureen.

—Te has estado riendo solo —dijo Sophie, claramente refiriéndose a ayer por la mañana, cuando salió por la parte de atrás y me vio riéndome solo con las plantas. Claro que no había estado sola, pero nadie más podía ver a Maureen regañando al cóleo por invadir la maceta de la ixora.

—Has sido más feliz —terminó Claire con sospecha, como si la felicidad misma hubiera falsificado su firma y ella quisiera recibir su merecido.

Desde el sillón, Maureen chasqueó las mejillas como una niña intentando silbar. "Diles que llevo el peinado correcto". "No puedo" —susurré —. "Sabes que esto me va a hacer quedar como un loco".

—Eso lo puedes hacer muy bien tú solo —dijo ella guiñándole un ojo.

—Mira papá, lo estás haciendo de nuevo —intervino Claire.

Dejé el café. "De acuerdo" —dije—. "Me pidieron que fuera sincero, ¿no? Pues, sinceramente: su madre está aquí casi todos los días".

Me miraron como si acabara de admitir que tenía abejas en la cocina.

—Aquí. ¿Dónde? —preguntó Daniel finalmente.

Hice un gesto hacia el sillón reclinable. "Ahí".

Se giraron. Miraron el mueble vacío. Me miraron.

—Dios mío —dijo Claire—. Está hablando con los muebles.

—Qué grosera —dijo Maureen, cruzando las piernas, lo que juro que hizo que el cojín se hundiera—. Soy de muebles *de alta gama*.

Sophie golpeó su teléfono con gracia frenética. «Primeros síntomas de demencia», susurró para sí misma. «Alucinaciones. Paranoia. Cada vez más enamoramientos por la tapicería».

"No estoy alucinando" —dije—.

—Papá —dijo Claire—, te quiero. Te queremos. Pero mamá ya no está.

Sentí un dolor familiar; de esos que me subían por las costillas como hiedra y se instalaban en los huesos como una boa constrictora preparando la cena. "Sí" —dije—. "Y no".

"¿Cuál es?" —preguntó Daniel suavemente.

Tiré del cuello del jersey. "Ambas cosas."

Claire se frotó las sienes. «Papá, otra vez llevas ese jersey viejo de Georgia Tech. Lo has llevado puesto todos los días».

—Porque es cómodo —mentí—. Además, cuando me lo puse, Maureen apareció en la habitación como una emisora de radio que encuentra señal al anochecer. Así que lo sigo usando para seguir viéndola.

—Hace mil grados —dijo Sophie—. Básicamente, te estás cocinando a fuego lento.

Maureen resopló. «Tienen razón».

"La cosa es así" —dije—. "Cuando me pongo esto, puedo verla. Oírla. Hablamos".

"¿Hablan?" preguntó Claire.

"Sí."

"¿Sobre qué?" —preguntó Sophie, escéptica y curiosa a la vez, la actitud habitual en la familia.

Me encogí de hombros. "Todo. El café. El jardín, el delantero, las plantas. Daniel todavía no ha arreglado el grifo que gotea. Ayer llamó a Claire "Señora Primera Ministra" y luego se rió de su propio chiste durante cinco minutos. Le dijo a Sophie que se hidratara las rodillas".

Sophie abrió mucho los ojos. «Mamá diría eso, sin duda».

—Lo haría —susurró Claire.

—Que lo demuestre —dijo Daniel, aunque no parecía convencido de nada excepto de su deseo de volver a casa.

"¿Cómo probarlo?" —pregunté.

—No lo sé —dijo—. Hazle una pregunta que solo mamá sabría.

Maureen se animó. "¡Oooh! Noche de preguntas y respuestas".

—Bueno, allá por 2022, ¿quién de ustedes escondió el último trozo de pastel de limón en la lavadora? —pregunté rápidamente.

Los tres se sonrojaron, lo cual fue alentador.

—Bien —dijo Claire—. Todos lo hicimos alguna vez.

—Dos veces —corrigió Maureen—. Y Sophie dejó el plato ahí.

Por lo tanto, les repetí la respuesta de Maureen.

—Está bien, eso es terriblemente preciso —dijo Sophie, bajando el teléfono.

Daniel se inclinó hacia delante, con los codos apoyados en las rodillas. «Papá, quizá la recuerdas tan bien que parece que está aquí. O sea, la conocías tan bien, y pasaron gran parte de su vida juntos...». Miró la silla vacía y luego a otro lado. «Yo también hablo con ella. En mi coche. Le pregunto por el tráfico».

"Ella siempre lo sabe" —dijo Maureen—. "Dile que es el sedán rojo el que bloquea la rotonda en Warwick".

—Dice que es el sedán rojo el que bloquea la rotonda de Warwick —repetí—. Todos los días.

Daniel se quedó boquiabierto. "Eso... vale, eso no es... probablemente sea cierto por razones estadísticas".

Claire se puso de pie.

Ahora marcando el ritmo.

No intentamos obligarte a cambiar tus sentimientos, papá. Solo queremos asegurarnos de que estés bien. Que no estés atrapado.

Miré a Maureen. Me miró con la cabeza ladeada, con los ojos brillantes. «Díselo», dijo. «Díselo como siempre lo hemos hecho».

Suspiré. "Estoy estancado", dije antes de apresurarme a añadir: "Y superándolo. Ambas cosas. Como uno de esos rompecabezas donde deslizas fichas hasta que aparece una imagen.

Todavía no sé cuál es la imagen completa. Pero cuando me pongo esto..." Tiré del jersey, "puedo tomarme un café con tu madre. Y si eso me enoja, que así sea. He sobrevivido a cosas peores que me consideraran loco. Como la época en que Daniel se dedicaba a la danza interpretativa".

—Hola —dijo Daniel, aunque sonrió.

El teléfono de Sophie vibró.

Ella lo ignoró.

—Si mamá está aquí —dijo en voz baja—, ¿qué piensa de nosotros?

El rostro de Maureen se suavizó como mantequilla sobre una tostada caliente. "Ay, cariño", dijo. "Todo".

Acerqué a mi hija menor y la rodeé con el brazo. «Cree que Claire todavía intenta controlar el sol», dije, repitiendo las palabras de Maureen al salir de sus labios fantasmales. «Y que podría, aunque sea por una vez, dejar que se ponga sin una hoja de cálculo. Cree que Daniel es más amable de lo que piensa y que debería llamar a esa encantadora señora de la librería del centro comercial Narellan. Y cree que Sophie tiene un cerebro brillante que debería dormir de vez en cuando».

Sophie tragó saliva. Claire dejó de pasearse. Daniel tosió en su puño.

—¿Y tú? —preguntó Claire—. ¿Qué opina de ti, papá?

Miré a Maureen.

Ella puso los ojos en blanco con cariño. "Dile que creo que eres un idiota que debería beber más agua y dejar de ver la tele en esa posición donde tu cuello parece un signo de interrogación".

«Cree que debería beber más agua», traduje con una sonrisa. «Y dejar de ver la tele en esa postura donde mi cuello parece un signo de interrogación».

Sophie parpadeó rápidamente. Daniel observó la alfombra. Claire exhaló.

—De acuerdo —dijo Claire finalmente—. De acuerdo. Ya veo cómo esto te ayuda. Pero, papá, seguimos preocupados. Porque llevas un jersey como armadura. Y si te ven hablando con un reclinable, tendremos que tener una segunda reunión familiar en un lugar público con luz tenue y un regalo profesional.

—Terapeuta —dijo Maureen—. Se refiere a terapeuta.

—Sé lo que quiere decir —le respondí a Maureen, lo que puso nerviosos a los niños.

—Quizás —ofreció Daniel—, ¿podríamos venir alguna vez? ¿Quedarnos a tomar un café o a comer?

—Sí, podemos —dijo Sophie—. Pero hay reglas básicas: no me cambien la crema hidratante.

Maureen asiente.

"Tu madre está de acuerdo" —dije.

Claire volvió a sentarse. «Muy bien. Siguiente paso». Se enderezó y me miró. «Quítate el jersey».

Maureen abrió mucho los ojos. «¡Ay, no!», dijo. «Aquí viene el truco de magia».

Dudé.

La sala se encogió en anticipación.

Mis manos encontraron el dobladillo. El rostro de Claire era firme. El de Daniel, resignado. Sophie sostenía su teléfono como un rosario.

Me puse el jersey por la cabeza.

El aire de la habitación cambió, como si alguien hubiera abierto una ventana en un recuerdo. El sillón reclinable de repente era solo tela, relleno y una abolladura que podría ser de cualquiera. Era como estar de pie en un muelle después de que el barco se hubiera hundido. Mantuve mi rostro neutral, como si la neutralidad pudiera protegerme del frío tan particular de la ausencia.

"¿Y bien?" —preguntó Claire, con la mirada fija en la silla.

"¿Mamá todavía está aquí?" —susurró Sophie.

Me quedé mirando la silla, el espacio que Maureen había ocupado con una alegría vibrante e inoportuna. "No" —dije con serenidad—. "Fue a ver cómo estaba el sedán rojo".

La boca de Sophie se torció. "Papá".

—Bien. —Doblé el jersey en mi regazo, ridículo como un niño pequeño con una manta—. No.

Claire intentó disimular el triunfo y casi lo consigue. "Ya ves, papá", dijo con dulzura. "Esto es algo que estás haciendo. Un mecanismo de defensa".

"Una prenda encantada" —dijo Daniel—. "Como La Hermandad de los Pantalones Viajeros, pero para hombres en duelo y artículos universitarios".

"Simplemente ayuda" —dije.

—Lo entendemos —dijo Claire, y por un momento realmente lo entendió.

Entonces se levantó y volvió a su modo práctico. "De acuerdo. Nuevo plan. Ponte el jersey en casa. No en público. Hidrátate. Cenaremos una vez al mes, rotando por nuestras casas, y alguien vendrá a darte la lata con la colada".

—Qué bonito —dije—. Siempre he querido vivir en una dictadura solidaria.

—Te queremos —dijo Sophie, sorprendentemente feroz, deslizándose en el brazo de mi silla—. Aunque salgas con prendas de punto.

Me reí. Se convirtió en algo más por un instante. "Yo también te quiero".

Recogieron sus cosas.

Claire tomó una foto de la pila de "por archivar" en mi mesa de centro y me aseguró que la convertiría en un flujo de trabajo, algo que solo ella sabía hacer. Daniel prometió arreglar el grifo. Sophie amenazó con confiscarme el control remoto si no le escribía antes de las nueve.

En la puerta, Claire se detuvo. «Si la ves», dijo con una mirada neutra, «dile que estamos bien».

"Lo haré" —dije.

—Y dile —añadió Daniel, haciendo como que se arreglaba la manga— que no llore con el anuncio del labrador y el cartero.

"Mentiré de manera convincente" —dije.

Sophie se inclinó y susurró: "Dile que me he hidratado".

"Servirá."

Salieron en un torbellino de llaves y competencia adulta.

La casa volvió a asentarse.

Me senté allí con el jersey doblado en mi regazo como un perro fiel.

—Bueno —dije a la habitación silenciosa.

De todas partes y de ninguna, una risa respondió. Me volví a poner el jersey. Allí estaba ella, en el sillón, sonriendo con suficiencia, con los ojos vidriosos, su alegría familiar e imposible.

"Están convencidos de que has perdido la cabeza" —dijo.

"¿La he perdido?" pregunté.

"Probablemente" —dijo—. "Pero con el tiempo todo se pierde".

"Gracias."

Ella inclinó la cabeza. "Son buenos chicos".

—Los mejores —dije—. Incluso cuando dan golpes de Estado.

Me miró detenidamente. «Eras guapo», dijo, sin venir a cuento. «En aquella tienda universitaria. Intentando aparentar que encajabas en algún sitio. Siempre estuviste a mi lado, ¿sabes?».

"Dilo otra vez", dije, porque era codicioso.

"Tú. Pertenecías. A mí" —enfatizo, como si recitara la receta del único pastel que importaba.

Respiré. El jersey estaba caliente. El té se había enfriado. Un milagro ocupaba el sillón reclinable que solo yo podía ver.

Levanté mi taza de café como si estuviera llena. «Por el Naufragio Ramblin', por el café, el té, por los niños preocupados, por el dinero que no tenía y por un jersey azul que me dio la vida».

Maureen saludó con una taza invisible.

—Y a ti —dijo—. Mi querido idiota. Mi arquitecto de tonterías. Mi hombre.

"¿Por cuánto tiempo?" pregunté de repente, no estaba lista para la respuesta, pero necesitaba preguntar de todos modos.

"Mientras sea útil" —dijo—. "Y luego por el resto de tu vida, pero en una habitación única".

Juntos nos sentamos allí, los vivos y los amados, los visibles y los verdaderos, en un silencio que se sentía como en casa.

A lo lejos, estaba seguro de oír un coche al ralentí, con el motor en rojo y con la culpa en la rotonda de Warwick. Allí, mi corazón latía a su ritmo habitual —sí, sí, sí— al cruzar la mirada con la suya.

Me quedé mirando el sillón reclinable porque podía. Me quedé mirando el saltador porque no sabía cómo no hacerlo.

Pensé en las hojas de cálculo de Claire, en las manos amables de Daniel, en los pulgares ansiosos de Sophie. Pensé en una tienda, en una sonrisa y en un hombre que se enamoraba mientras fingía comprar.

"Sabes" —dijo Maureen después de un rato—, "estás *hablando* con muebles".

"Estoy hablando contigo" —dije.

Ella se rió. "A veces me pasa lo mismo."

Nos quedamos allí sentados un rato más sin necesidad de decir más.

Finalmente, el café exigió clemencia. Me puse de pie, con las articulaciones narrando sus protestas, y llevé la taza a la cocina.

Desde el salón, Maureen gritó: "¡Y no te olvides de beber agua!"

Me volví, sonriendo como un tonto. "Sí, cariño."

Su voz se suavizó. "Dile que estoy aquí".

"Lo hice" —dije.

Y quizá esa era la lección escondida entre los pliegues tontos y sagrados de este jersey: que el duelo es una historia que nos contamos juntos. A veces una historia con hojas de cálculo y listas de síntomas, a veces con chistes sobre tapicerías, a veces con el suave tintineo de una taza en una habitación vacía que no estaba vacía en absoluto.

Mientras llenaba el vaso en el fregadero, volví a oír risas, la suya y la mía unidas a través de los años como las letras en mi pecho. Bebí. Viví. Volví al salón y me senté con mi amor, que estaba aquí y no, exactamente como debía estar hasta que aprendiera a ser diferente.

Y si mis hijos pensaban que había perdido la cabeza... bueno, las canicas solo servían para jugar. Y por todos los cielos, tenía intención de seguir jugando.

CAPÍTULO 7

EL RETO DE LA SÁBANA AJUSTABLE

Había pasado una semana desde que Maureen había vuelto a mi vida, o, mejor dicho, a mi lavadero, cocina, salón y prácticamente a cada rincón de esta casa. Y tenía que admitirlo: lo estaba pasando de maravilla en semanas.

¿Quién iba a decir que la otra vida venía con un trabajo extra como asesora de administración del hogar? Todos los días encontraba algo que hacía mal —o que no hacía en absoluto— y me daba consejos.

Ayer me enseñó a apilar el lavavajillas sin que pareciera que había metido una caja de Lego. El día anterior, me explicó cómo doblar una camiseta correctamente sin que el proyecto de origami quedara torcido. Hoy, sin embargo, el desafío era completamente diferente: la sábana ajustable.

Había vivido lo suficiente para criar hijos, pagar impuestos y aprender a leer las instrucciones de IKEA (a duras penas), pero aún no había descifrado el secreto para doblar una sábana ajustable. Mi método de toda la vida consistía en hacer una bola con ella como si fuera un meteorito de lavandería y meterla en el armario de la ropa blanca hasta que la puerta ya no cerrara. Maureen no lo toleraba.

"Josh" —dijo con ese tono tranquilo y paciente que me decía que sabía que esto iba a ser feo—, "si puedes hacer esto, puedes hacer cualquier cosa".

Bien podría haberme estado preparando para desactivar una bomba.

Estaba de pie en el lavadero, con una sábana en las manos, las esquinas moviéndose como un calamar rebelde. Maureen, flotando a mi lado con su suave resplandor, parecía perfectamente serena, como si este fuera el momento que había estado esperando.

"Primero, sosténgalo a lo largo", indicó.

"¿A lo largo?" —pregunté—. "¡Es un cuadrado!"

—Rectángulo —corrigió, con la autoridad que solo una esposa podía tener—. Ahora, busca dos esquinas. Mete una dentro de la otra.

Me quedé mirando los bordes elásticos. «Parecen esquinas. Es una trampa».

—Josh... —Suavizó la voz como siempre cuando sabía que estaba a dos segundos de rendirme—. Mírame.

Hizo el movimiento con las manos —manos fantasmales— y por un segundo, juro que la sábana pareció doblarse con gracia hacia ella. Intenté imitarla.

Mi resultado parecía más como si estuviera luchando con una manta raya.

—De acuerdo —dije, exhalando con frustración—. Quizás sí...

—No —lo interrumpió con firmeza—. No puedes simplemente arrugarlo. Nos estamos doblando, no rindiendo.

Fue entonces cuando se me ocurrió mi gran idea. Salí de la habitación, dejando la sábana tirada en el suelo como una víctima de guerra, y regresé con mi portátil.

«YouTube», declaré triunfante. «Seguro que, en el vasto universo de internet, alguien ha descubierto el secreto».

Maureen cruzó sus brazos fantasmales y arqueó una ceja. "¿Vas a dejar que una desconocida en un video te enseñe a ti en lugar de a mí?"

—Sí —dije sin dudarlo—. Porque al menos me dejarán pausarlos.

Puso los ojos en blanco, pero se inclinó mientras buscaba "cómo doblar una sábana ajustable". Miles de resultados. Hice clic en el primero y una mujer alegre en la pantalla me saludó como si estuviera a punto de salvarme el alma.

—Primer paso —dijo la mujer—. Sostenga la sábana a lo largo.

Me quedé paralizada, mirando fijamente la laptop y luego a Maureen. "¿Ves? Incluso ella está involucrada. ¡A lo largo! ¿Cómo voy a saber lo que significa eso?"

Maureen se rió, con esa risa suave que tanto echaba de menos, y se acercó. "Inténtalo de nuevo. Lo puedes hacer".

Así que lo hice.

Apreté dos esquinas, intenté meter una dentro de la otra y, ¡milagro de milagros!, funcionó. Durante unos tres segundos. Luego, el elástico se soltó y todo se derrumbó como una carpa de circo en medio de una tormenta.

—¡Agh! —grité, levantando los brazos—. Esta sábana está poseída.

—Estás poseído —susurró Maureen—. Por la impaciencia.

Pero su voz no era de regaño.

Era suave, persuasiva, como solía hablarme cuando estaba a punto de rendirme. Y lo repetía: «Si puedes con esto, puedes con cualquier cosa».

Suspiré, me agaché y recogí la sábana.

Y de alguna manera, entre su constante guía y el optimismo incansable de la chica de YouTube, logré doblar la pieza. No era bonita. No era simétrica. Ni siquiera era particularmente plana. Pero estaba doblada.

Maureen me sonrió como si acabara de obtener un doctorado en milagros domésticos.

Tras el triunfo de doblar por fin esa maldita sábana ajustable, el resto de la colada debería haber sido igual de fácil. Sábanas. Toallas. Fundas de almohada. Doblar, apilar, repetir.

Casi me sentía orgulloso de mí mismo, casi convencido de que estaba comprendiendo todo ese disparate de la supervivencia doméstica.

Luego tomé el jersey de Georgia Tech.

"¿Josh?" La voz de Maureen llegó hasta mí, suave, cautelosa, como si ya supiera lo que venía.

—Sólo... lo estoy lavando —dije, aunque las palabras no me salían bien en la boca.

Y en cuanto me la quité, desapareció de la habitación. No de forma dramática, ni de repente; simplemente... desapareció.

Quizás lo hice sin pensar.

Tal vez el universo lo empujó hacia adelante como: *Aquí, amigo, es hora de sentir algo que has estado evitando.*

O tal vez el dolor es un boomerang: lo arrojas a algún lugar oscuro y siempre regresa, esperando golpearte en el pecho cuando menos lo esperas.

Sostuve el jersey durante un buen rato, recorriendo con el pulgar las letras descoloridas.

GEORGIA TECH.

Mi segunda piel ahora para poder estar con ella.

Y mientras permanecí allí, una familiar opresión se acumuló en mi garganta.

Ridículo, me dije.

Absolutamente ridículo.

Me obligué a moverme.

Lo coloqué con cuidado en la lavadora, agregué detergente y me dije que estaba bien.

Pasos normales.

Pasos ordinarios.

Solo ropa sucia.

Luego presioné Iniciar.

El tambor empezó a girar y el jersey desapareció en el remolino de agua y tela.

Ese fue el momento en que algo se quebró dentro de mí.

Quizás fue el sonido de la máquina.

Quizás fue ver el suéter lanzado por todos lados, desapareciendo de mi vista como si se hubiera escapado de mi vida.

Tal vez fue la enormidad silenciosa del momento: hacer algo y ella no estaba aquí conmigo.

Agarré el borde de la máquina, con los nudillos blancos, y traté de respirar.

No pude.

El sollozo salió de mí antes de que pudiera detenerlo: un sonido agudo e impotente que se sintió como una costilla rompiéndose desde adentro.

—No sé... —Se me atragantó la voz, tragando saliva—. No sé por qué lloro.

Me limpié la cara con la manga, pero las lágrimas seguían cayendo, grandes lágrimas.

El tipo que sacude todo tu cuerpo, te hace sentir como si la tierra se hubiera partido bajo tus pies.

—Es sólo un jersey —susurré, aunque ambos sabíamos que no lo era.

Ni siquiera cerca.

"Es una estupidez. Dios mío, estoy siendo una estúpida."

Miré la máquina, el círculo que giraba y se agitaba, y el dolor volvió a surgir, crudo y sin palabras.

"Esto es todo lo que me queda por sostener", susurré.

Cuando estabas aquí... estabas *aquí*. Y ahora estoy llorando en la lavandería por un jersey porque... porque es lo más parecido a ti que tengo.

Decirlo me destrozó.

Me abrió como una costura que había estado fingiendo que no estaba deshilachada.

Pero dejar salir las palabras, dejarlas caer en el espacio abierto entre nosotros, fue como abrir un puño que no sabía que había mantenido cerrado durante meses.

La máquina giró, el saltador se cayó y luego la máquina se detuvo.

Abrí la tapa, cogí el jersey empapado y me lo puse.

Maureen no reapareció.

"Quizás el jersey no funciona cuando está mojado", casi me río para mí mismo y luego apoyo mi frente en mi brazo y mi respiración tiembla.

Y finalmente, lo dejé venir: el dolor que había estado conteniendo, el sufrimiento que había estado fingiendo que era manejable.

Y me quedé allí, empapado, con el jersey puesto y agarrando el frío metal, llorando sin motivo y por todos los motivos.

Porque el amor deja ecos.

Ahora lo sé de una forma que nunca antes había entendido: ecos que se instalan en los rincones tranquilos de una casa, en la estructura de las rutinas, en la textura misma de un suéter que llevas puesto. Resuenan mucho después de que la persona que los creó se ha ido. Todavía puedo sentirla cuando lo llevo puesto y su tenue aroma que se niega a desvanecerse, como el amor que encuentra cualquier excusa para persistir.

Porque la pérdida te vacía.

No de golpe, no de forma dramática, sino poco a poco, cucharada a cucharada, hasta que te das cuenta de que has estado viviendo en espacios dentro de ti donde ella solía vivir. Y solo se necesita algo pequeño, algo suave, para tocar esos huecos y hacerlos vibrar de nuevo.

Porque a veces la cosa más pequeña y suave, como un suéter azul desgastado, descolorido en las mangas, estirado en el cuello, amado mucho más allá de sus años, se convierte en una puerta de entrada.

Una puerta de entrada a todo lo que todavía extrañas: su calidez, su risa, la forma en que se acurrucaba junto a tí cuando tenía frío, la forma en que se acurrucaba a tu lado en el sofá y apoyaba su cabeza en tu hombro.

Ese jersey contiene inviernos enteros de nuestra vida juntos.

Quizás más.

Y allí parado, con el en mis manos, recorriendo las letras con el pulgar, me doy cuenta de algo doloroso y extrañamente tierno: necesitaba lavarlo.

No para borrarla, no para silenciar el eco, sino porque cuidarlo es como cuidarla.

Como mantenerla cerca de la única manera que puedo ahora.

Así que lo metí con cuidado en la lavadora, como si fuera algo frágil, algo sagrado, que en cierto modo, lo es.

Y cuando el tambor dejó de girar me lo volví a poner.

Empapado y mojado.

Porque tal vez eso es lo que el amor te pide después de una pérdida, no ser fuerte, no seguir adelante, no pretender que los espacios vacíos no existen.

Pero aparecer de todos modos.

Cuidar lo que queda.

Permitirse llorar por un jersey porque significa que ella importaba.

Todavía importa.

Porque el amor no desaparece.

Cambia de forma.

Y a veces parece exactamente un hombre parado en un lavadero, llorando mientras viste un suéter azul empapado y mojado, mientras lleva consigo cada eco de la mujer que aún ama.

CAPÍTULO 9

LA PRIMERA PELEA

Lo admito: estaba en la cima. No en la cima del Everest, pero al menos en la cima del Monte Kosciuszko. Al fin y al cabo, me había enfrentado a la bestia conocida como la sábana ajustable y había salido con algo que al menos parecía un rectángulo doblado.

Estaba arrugado, abultado y vagamente amenazante, pero estaba doblado.

Y una vez que has sobrevivido a esa terrible experiencia, te pavoneas por la casa como un hombre que ha descubierto los secretos de la vida.

Así que allí estaba yo, con el pecho inflado, sintiéndome como si finalmente hubiera descubierto esto de "vivir solo".

¿Quehaceres? Pff.

Yo tenía un sistema.

¿Lavadero?

Lo metí en la lavadora con una cápsula de detergente, quizá dos, dependiendo de lo generoso que me sintiera.

¿Pasar la aspiradora?

Me había vuelto muy bueno en patear migas debajo del sofá.

¿Pero cuál es la joya de la corona de mi confianza doméstica?

El lavavajillas.

Sí, esa reluciente caja plateada en la cocina que Maureen me había arrastrado a Harvey Norman para comprar. «Tiene diez años de garantía, Josh», había dicho. «Probablemente nos muramos antes».

Bueno, ella no estaba del todo equivocada.

De todos modos, pensé que lo había dominado.

Platos inclinados, tazas de café apiladas, cucharas a cucharadas. Incluso a veces usaba el ciclo ecológico solo para sentirme virtuoso.

Hasta que intervino Maureen.

Acababa de cerrar la puerta tras una carga creativa (arte, en realidad, un mosaico de cerámica y acero) cuando sentí ese frío familiar y la vi sentada en el mostrador, con los brazos cruzados, brillando débilmente bajo la luz de la cocina.

"¿Qué..." —dije, sintiéndome extrañamente a la defensiva — "...es esa mirada?"

"Esa", dijo, "es la mirada de una mujer que ve a su marido cometer delitos contra los utensilios de cocina".

"¿Delitos?", me burlé. "¡Yo lo llamo innovación! ¡Mira este arreglo! He maximizado la cilindrada".

Ella flotó hacia abajo y miró dentro.

Has bloqueado el brazo rociador con un cucharón. Nada en la rejilla superior va a quedar limpio.

"Sí, lo hará", argumenté. ¿Por qué discutía conmigo sobre esto? ¡Sabía lo que hacía! "El agua es escurridiza. Encontrará su camino".

Entrecerró los ojos. «Por eso nuestros platos siempre tenían unas motas misteriosas. Lo has estado cargando mal todo este tiempo».

"¿Te equivocas?" Levanté las manos. "Maureen, estás muerta. ¡Ya no necesitas platos relucientes!"

Las palabras salieron antes de que pudiera detenerlas.

La cocina quedó en silencio, salvo el zumbido del frigorífico.

Jadeó teatralmente, apretándose una mano contra el pecho fantasmal. "¿Cómo te atreves? La muerte no me quita méritos, Joshua".

Gemí. "No uses mi nombre completo".

Señaló con un dedo acusador. «Los platos van en la rejilla inferior, mirando hacia adentro. Las tazas y los vasos, encima. Los cubiertos separados: tenedores aquí, cuchillos allá, cucharas no amontonadas como si estuvieran acurrucadas».

Resoplé. "¿Separados? ¿Qué son? ¿Alumnos de secundaria en un baile?"

Su brillo se intensificó peligrosamente. "Josh, te enseñé mejor".

—Corrección —dije, agarrando un plato y agitándolo como una bandera blanca—. Intentaste enseñarme mejor. Me resistí. ¡Y me resistiré de nuevo!

Maureen jadeó, aferrándose a sus perlas fantasmales. "¡Esto es un motín en mi cocina!"

"Ahora es mi cocina", declaré, girando el plato dramáticamente.

"¡No mientras lo estés cargando como un cavernícola!"

"¡Los hombres de las cavernas no tenían lavavajillas!"

"¡Lo habrían hecho mejor!"

Para entonces, prácticamente le estaba gritando al lavavajillas abierto. Ella flotaba sobre él como un general furioso, ladrando órdenes. Yo contraatacaba con toda mi terquedad. No me di cuenta de lo absurdo hasta que oí una voz detrás de mí.

"¿Papá?"

Me quedé congelado.

Poco a poco me fui girando.

Allí estaba Sophie. Tenía los ojos desorbitados, la boca tan abierta que podría haber entrado una camioneta Ford, y en ese instante lo supe. Me habían pillado.

Me miró, luego al lavavajillas, y luego a mí. "¿Le estás gritando a los platos o le estás hablando a mamá?"

Me apresuré. "Eh, estoy hablando con tu madre, cariño".

"¿Qué?"

"Hablando con tu mamá. Sabes que dije que eso es lo que hago ahora. Me ayuda" —solté.

Sophie parpadeó.

Detrás de mí, Maureen simplemente nos observa.

La expresión de Sophie se suavizó, convirtiéndose en algo peor que sospecha: lástima. «Papá, por favor, para. Esto es desgarrador».

Mis hombros se hundieron.

Murmuré algo que ya ni siquiera recuerdo qué era, pero el daño ya estaba hecho. Sophie dió un paso adelante y cerró suavemente la puerta del lavavajillas, como si estuviera poniendo fin a mi locura.

—Llamaré a Claire y a Daniel —dijo con firmeza.

¡No! No hace falta. Sabes que hago esto. Le dije a Daniel...

—Papá... —Su voz se quebró un poco.

"Sólo queremos que estés bien".

Sentí que me ardían los oídos.

Mi hija pensó que me estaba volviendo loco, como todos, y quizá no se equivocaba. Al fin y al cabo, desde su perspectiva, yo estaba gritándole a los platos, discutiendo con un electrodoméstico. No podía ver a mi esposa fantasma de pie junto al mostrador, secándose las lágrimas a veces.

Sophie me dio un largo abrazo, uno de esos abrazos cuidadosos que la gente da a alguien que teme que se haga añicos, y salió de la casa.

Tan pronto como se cerró la puerta, Maureen dijo: "¡Oh, Josh, deberías haber visto tu cara!"

—Lo sé —refunfuñé—. Cree que estoy listo para el manicomio.

"Bueno, agitaste un plato como si estuvieras declarando la independencia".

La fulminé con la mirada. "¡Me estabas incitando!"

—¡Y estuviste a la altura! —Se echó a reír de nuevo—. Ay, no me había divertido tanto desde... bueno, desde la última vez que intentaste montar muebles de IKEA, pero siento que Sophie se haya enfadado tanto.

Me dejé caer en una silla, frotándome las sienes. "Lo sé, Maureen, esto es genial. Ahora nuestros hijos van a hacer una intervención. Quizás me envíen a uno de esos lugares con mantas de crochet y vasitos de pudín".

"Podría ser peor" —dijo—. "Al menos por fin tendrás gente que aprecie tu técnica con el lavavajillas".

Gemí. "A veces disfrutas esto demasiado".

—Claro que sí. Eres adorable cuando te pones nerviosa.

Recogí el plato abandonado y lo hice girar entre mis manos.

"Maureen, Sophie me miró como si estuviera roto".

La voz de Maureen se suavizó.

Está preocupada. Todos lo están. No pueden verme, Josh. Para ellos, solo estás tú aquí. Solo, gritándole a los platos.

Tragué saliva con fuerza.

Conozco a Maureen, pero les dije que te veo, aunque no puedan. No estoy seguro de que me crean, así que quizá tengan razón, quizá me estoy volviendo loco.

—No lo estás —dijo con firmeza, sentándose en la mesa—. Estás de luto. Y eres testarudo. Y sí, eres un poco ridículo. Pero no estás loco.

La miré de reojo.

"Dice mi esposa fantasma en la cocina, donde acabo de decirle a nuestra hija, que estoy bien porque lo único que estoy haciendo es hablar con su madre muerta".

Ella sonrió. «Exactamente. ¿Quién mejor para juzgar?»

"Acabamos de tener nuestra primera pelea, ¿verdad?", dije. "Desde..."

Sí, cariño, lo hicimos. Una de las muchas... ¿cómo las llamaste? Ah, sí... "discusiones" que tuvimos durante los 25 años que estuvimos juntos.

—Sí. Siempre tonterías, ¿verdad?

Maureen me miró y simplemente sonrió.

A mi pesar, le devolví la sonrisa y me reí. Una risa cansada y avergonzada, pero real.

Maureen se acercó flotando, rozando mi mano con su fantasmal mano. "Ahora, ¿qué tal si recargamos el lavavajillas como es debido antes de que te revoquen la garantía de diez años en el más allá?"

Gemí de nuevo, pero cogí otro plato.

Y si Sophie hubiera echado un vistazo en ese momento, habría visto a su padre cuidadosamente, casi con reverencia, colocando los platos en filas perfectas.

Discutiendo en voz baja con nadie a quien pudiera ver.

CAPÍTULO 10

DESLIZO

Ir a terapia sin mi jersey de Georgia Tech fue como entrar en combate sin armadura. Pero la tintorería no espera a nadie, ni siquiera a uno atormentado por su esposa.

Allí estaba yo, en la segunda sesión, sentado en el diván color crema de la terapeuta, sintiéndome desnudo sin mi manta protectora. Me dedicó la misma sonrisa cálida de la última vez: esa sonrisa que decía: «No te preocupes, aquí estás a salvo», que fue precisamente lo que me hizo querer salir corriendo.

"¿Cómo has estado desde nuestra última sesión, Josh?", preguntó con el bolígrafo en la mano.

—Genial —dije un poco rápido—. Genial. Muy ocupado. Productivo.

"Cuéntame sobre eso."

Empecé mi nueva rutina, orgulloso como un niño presumiendo un collar de macarrones. "Bueno, he estado aprendiendo cosas nuevas en casa. YouTube me ha ayudado mucho. ¿Sabías que hay canales enteros dedicados a doblar la ropa? No es que los vea por diversión ni nada. Son puramente educativos".

Ella rió suavemente. "Eso parece un paso positivo".

—Muy bien —dije, asintiendo con demasiada fuerza—. Por ejemplo, casi domino la sábana ajustable. Es un poco complicada. Pero Maureen me ayudó...

Me quedé congelado.

La palabra se había escapado antes de que mi cerebro pudiera captarla.

Mi boca, esa traidora, acababa de abrir de golpe la puerta que yo había estado custodiando cuidadosamente.

El bolígrafo del terapeuta se detuvo. "¿Maureen?"

Me apresuré. "Uh, YouTube. Conoce los trucos mágicos de Maureen para la colada. Es un canal".

Frunció el ceño. "Ya veo."

Me reí, con esa risa nerviosa que suena como la de un hombre a punto de confesar haber robado un banco. "Sí, hay muchos canales por ahí. Gente con... muchos nombres. Podría haber sido Maureen, podría haber sido... Maurice".

Ella inclinó la cabeza. "Josh, acabas de mencionar el nombre de tu esposa".

Se me hizo un nudo en la garganta.

Podía imaginar a Maureen materializándose en el apoyabrazos a mi lado, con la barbilla apoyada en la mano y sonriendo como un gato que hubiera empujado el jarrón de la mesa.

Dile que te lo enseñé todo. Sobre todo, a sobrevivir sin mí. Eso habría dicho de haber estado allí.

Me aclaré la garganta. «Se me ha escapado la lengua».

—El terapeuta se inclinó ligeramente hacia delante—.

¿Pero fue así? Has mencionado que has estado encontrando nuevas maneras de afrontar el duelo. A veces, en el duelo, las personas sienten que su ser querido las guía. ¿Sientes que Maureen te da consejos?

Maureen me habría guiñado el ojo y habría añadido: «Anda. Admítelo, soy tu coach espiritual».

Mis palmas se pusieron húmedas.

—Bueno, claro, en cierto modo. O sea, cualquiera que haya estado casado tanto tiempo como nosotros, más o menos sabía lo que diría la otra persona. Como una vocecita en tu cabeza, ¿no?

—Eso puede ser muy saludable —dijo pensativa, garabateando algo—. Siempre y cuando entiendas que es tu recuerdo de su voz, no su voz en sí.

—Claro —dije rápidamente, asintiendo—. Exacto. Memoria. Puramente cerebral. Sin susurros.

Recordé a Maureen burlándose de mi sábana ajustable. Le habría encantado escuchar a la terapeuta ahora mismo.

Sonreí a mi pesar y luego intenté disimularlo tosiendo. La terapeuta arqueó una ceja.

"Pareces divertido."

—Solo la recuerdo —dije—. Tenía una forma de burlarse de mí. Era entrañable, la verdad. Como cuando agitaba una sábana como si fuera una bandera de rendición.

"¿Agitó una sábana?"

¡Genial! Ahora me pintaba como un soldado lunático de las guerras de la lavandería.

Me senté más derecho, adoptando mi voz más seria.

Lo que quiero decir es que intento imaginar lo que diría Maureen. Como una lista mental. Me ayuda a no sentirme tan solo en casa.

La terapeuta me estudió por un momento, mientras golpeaba mi cuello con el bolígrafo.

Eso puede ser reconfortante, sí. Pero a veces, Josh, necesitamos asegurarnos de que esos diálogos internos no nos impidan vivir plenamente el presente. ¿Sientes que eres capaz de distinguir entre el recuerdo y la realidad?

—Sí, claro. Totalmente —dije, otra vez demasiado rápido—. Totalmente claro. Sin ninguna confusión. Ninguna en absoluto.

Podría haber jurado que Maureen me habría lanzado un beso fantasmal, visiblemente encantada, si hubiera estado aquí.

La terapeuta asintió, aunque no parecía del todo convencida. "De acuerdo. Lo supervisaremos entonces. Por ahora, parece que estás progresando".

Exhalé lentamente.

Progreso, dijo.

Ella pensó que lo estaba haciendo bien.

Mientras tanto, yo estaba sentado allí preguntándome qué más habría dicho el fantasma de mi esposa si hubiera estado en esta sesión.

Terminamos la sesión con las habituales afirmaciones educadas: "Sigue con el buen trabajo" y "te estás adaptando bien", antes de irme arrastrando los pies, con la camisa pegándose incómodamente a mi espalda.

En el momento en que pisé la acera, murmuré en voz baja: "Tengo que tener más cuidado".

Porque la cuestión era la siguiente: no me importaba la terapeuta.

Ella era amable. Tenía buenas intenciones.

Pero no era ella la que doblaba la ropa a mi lado, la que contaba chistes y llenaba la casa de calor otra vez.

Ella no fue quien todavía me hizo reír hasta que me dolieron los costados, quien me recordó que aún podía aprender nuevos trucos, incluso a mi edad.

Esa era Maureen.

Y si me dejaba llevar demasiado, si dejaba que esa sonrisa tonta se dibujara en mi cara demasiadas veces, la terapeuta podría pensar que pertenecía a una habitación acolchada en lugar de a una cocina con un lavavajillas medio cargado.

Allí mismo, en la acera frente a la oficina, hice una promesa:

Contrólate, Josh. Sonríe menos. Mantenlo vago
Protege a Maureen.

Aunque ya no estuviera, ella todavía estaba aquí.

Y no estaba dispuesto a permitir que un desliz, ni nadie, me quitara eso.

CAPÍTULO 11

INTERVENCIÓN – TOMA DOS

Si hay algo que aprendí sobre mis hijos fue que cuando se juntaban, yo estaba condenado.

Por separado, podía manejarlos. Claire con su voz de jefa, Sophie con sus ojos de cachorrito, Daniel con su sarcasmo.

¿Pero unidos?

Eso fue una emboscada.

Y efectivamente, el domingo por la tarde, allí estaban, en mi sala de estar, alineados en el sofá como un jurado, dejándome a mí, el acusado, sentado en el único sillón reclinable.

Claire se aclaró la garganta primero; eso nunca era una buena señal.

Tenía una pila de papeles en su regazo.

Panfletos.

Fotos brillantes con fotos de archivo de personas mayores sonrientes tomadas de la mano. No necesitaba ver los títulos para saber adónde iba esto.

"Papá" —empezó—, "hemos estado hablando..."

—Por supuesto que sí —murmuré.

—Y creemos que es hora de brindarte apoyo adicional. Aquí tienes.

Ella me lanzó el primer panfleto.

Encontrando esperanza: un grupo de apoyo para el duelo cerca de usted.

Lo sostuve con cuidado, como si fuera a morderme. "Qué bonito. Pero ya tengo apoyo".

—¿De quién? —intervino Sophie—. Estás solo la mayor parte del tiempo.

Me mordí la lengua, porque la respuesta correcta —tu madre— no ayudaría en mi caso.

Sophie se inclinó hacia delante, con los ojos llenos de preocupación. «Quizás debería mudarme aquí un rato. Solo para vigilarte».

"¿Vigilarme? ¿Qué soy? ¿Un volcán?", pregunté rápidamente.

—A veces estallas —dijo con seriedad—. Como con el lavavajillas, ¿recuerdas?

Daniel resopló. «Olvídate de mudarte. Creo que papá debería mudarse a una casa más pequeña. Una casa más pequeña, menos estrés. Además, no tendrá que pelearse con los electrodomésticos».

Levanté las manos. "¡Estoy bien! Mírame. Platos lavados, sábanas dobladas, ¡hasta las marcas de la aspiradora en la alfombra!"

Maureen apareció en el brazo de mi sillón, invisible para todos menos para mí, sonriendo como un gato. "Diles que estás bien porque todavía te mando desde el más allá".

Negué levemente con la cabeza. "Solo estoy hablando con tu madre".

Los niños intercambiaron miradas. Oh, eso no cayó bien.

Claire se cruzó de brazos. «Papá, lo entendemos. La extrañas. Nosotros también. Pero no puedes seguir fingiendo que está aquí».

Detrás de mí, Maureen se inclinó más cerca y susurró alegremente: "¡Diles que disfruto rondando el baño!"

Y yo, idiota como soy, casi lo repetí. Las palabras llegaron hasta mi lengua antes de que pudiera contenerme.

—¡Jajaja! ¡Me quedo con la, eh... horrible temporada de polen! —exclamé, y luego empecé a toser falsamente con tanta violencia que casi me caigo de la silla.

Los niños se quedaron mirando.

"Papá" —dijo Sophie suavemente—, "esto es desgarrador".

—Sigues diciendo eso, Sophie. Estoy bien.

Daniel murmuró: "Esto es una situación de comedia de oro, eso es lo que es".

Claire levantó otro folleto: *Avanzando Juntos: Asesoramiento Familiar*. Me miró fijamente a los ojos. «Por favor. Solo piénsalo».

Agité el folleto brillante como si fuera una bandera blanca.

—Está bien. Lo consideraré. Pero te digo que no estoy loco.

Cuando finalmente se fueron, después de una ronda de abrazos extra largos y promesas de "llamar más a menudo", me dejé caer en mi sillón reclinable, exhalando tan fuerte que me sentí desanimado.

Maureen estaba prácticamente revolcándose en el suelo, riendo. "Ay, Josh, ¿'horrible temporada de polen'? Deberías llevar esa actuación a la carretera".

Me cubrí la cara con ambas manos y empecé a reír también, esa risa que se transforma en lágrimas sin que puedas detenerla. Me temblaba el pecho, me ardían los ojos y a pesar de todo, podía oír su voz, burlona y tierna a la vez.

—Felicidades —murmuré, secándome la cara—. Somos oficialmente la pareja más loca de la ciudad.

Maureen se sentó a mi lado, su brillo se suavizó, sus ojos se llenaron de calidez. "Cariño, siempre lo fuimos".

Y por una vez, no pude discutir.

CAPÍTULO 12

TERAPIA DE GRUPO

Si pensaba que la terapia individual era incómoda, intente sentarse en un círculo de sillas plegables con 10 desconocidos, cada uno de ellos agarrando pañuelos como si fueran parte del código de vestimenta.

Sí, Claire lo había hecho: me había apuntado a un grupo local de apoyo para el duelo. «Te hará bien, papá», me dijo, dándome una palmadita en la mano como si tuviera 87 años, estuviera frágil y débil. «Sólo... comparte».

Compartir. Correcto.

Porque no hay mejor manera de decir "buen momento" que abrirse a un grupo de desconocidos que parecen salidos de un anuncio farmacéutico de medicamentos para la depresión.

Entré arrastrando los pies en la sala del centro comunitario, con el jersey puesto esta vez; limpio, planchado y con un ligero olor a almidón y a la aprobación de mi esposa fantasma. Sillas en círculo, luces fluorescentes zumbando en el techo. Una mujer de mirada amable y una sonrisa de "Estoy aquí para ayudar" se presentó como Marlene, la facilitadora.

Bienvenidos a todos. Esta noche hablaremos sobre estrategias de afrontamiento.

Ya estaba calculando las probabilidades de fingir un infarto para librarme de esto. Maureen no podía sentarse a mi lado, así que se sentó en un escritorio a un lado como si fuera su trono personal, brillando suavemente y con aspecto demasiado entretenido.

—¡Ay, esto va a ser bueno! —gritó desde el otro lado de la habitación—. Digamos que lo superas gritándoles a los lavaplatos.

"Ahora no", susurré.

El hombre que estaba a mi lado, un tipo grande con un bigote poblado, me hizo un gesto comprensivo, confundiendo mi susurro con dolor.

Marlene aplaudió suavemente. "¿Quién quiere compartir primero?"

Naturalmente, todos miraban fijamente sus regazos.

—¿Josh? —dijo con dulzura, como si hubiera escuchado mis fervientes deseos y me hubiera negado—. Eres nuevo. ¿Te gustaría empezar?

Por supuesto. Yo.

Me aclaré la garganta. «Bueno, mi esposa, Maureen, falleció hace unos meses. Ha sido duro. Pero he estado aprendiendo cosas. En casa. Doblando sábanas ajustables. Cocinando. Pasando la aspiradora».

Una mujer al otro lado del círculo se secó los ojos. "Qué valiente".

"¿Valiente?", se burló Maureen desde su posición. "Casi te estrangulas con esa sábana".

Me mordí el interior de la mejilla para dejar de reír.

Marlene me volvió a hablar. "¿Y qué te ayuda a superar esos momentos difíciles, Josh?"

—¡Ay, Dios mío! —me gritó Maureen—. Diles que he vuelto a rondar por el baño. ¡Anda, te reto!

Estuve a punto de decirlo otra vez, pero me contuve.

—Eh... YouTube. Muchísimo YouTube.

Marlene sonrió. «Qué maravilloso. A veces, aprender nuevas habilidades es una forma de honrar a nuestros seres queridos».

—¡Sí! —Me aferré a eso como a un salvavidas—. Exactamente. La estoy honrando. Ella, eh, me da consejos. En mi cabeza.

"¿Consejos?" preguntó Marlene, con el bolígrafo listo.

Sí. Como cuando estoy llenando el lavavajillas, me imagino lo que diría. Ya sabes, "No amontones las cucharas", cosas así.

Maureen se rió a carcajadas y sonrió con suficiencia. «Diles que también me imaginas llamándote cavernícola».

Casi me ahogo.

El del bigote me dio una palmadita en la espalda. «Tómate tu tiempo, hermano. Tómate tu tiempo».

Alrededor del círculo, la gente empezó a asentir con simpatía, como si mi ataque de risa y tos fuera una cruda muestra de dolor. A Marlene le brillaron los ojos.

"Esto es hermoso", dijo en voz baja. "Mantienes viva a Maureen de la manera más importante: a través de los recuerdos".

"Memoria" —repetí para mí mismo, asintiendo vigorosamente—. "Sí. Memoria. No es que me haya estado rondando el baño ni nada por el estilo".

Maureen resopló tan fuerte que estaba segura de que el escritorio vibró.

El grupo dio una vuelta, cada uno compartiendo sus trucos para afrontar la situación: diarios, largas caminatas, jardinería. Cuando volvieron a mí, Marlene sonrió. "Josh, ¿quieres añadir algo más?"

Maureen se levantó, caminó hacia mí y se inclinó, susurrando: "Diles que duermes mejor porque yo acaparo las sábanas incluso desde el más allá".

Me pellizqué el puente de la nariz. "Eh, lo sobrellevo riéndome. De mí mismo. De los recuerdos. De, eh... las sábanas ajustables".

El grupo rió educadamente. Incluso Marlene sonrió. «La risa cura».

"¿Ves?", susurré de lado, mirando a Maureen con enojo. "Por una vez, está de acuerdo conmigo".

El chico del bigote me hizo un gesto con el pulgar hacia arriba.

Al final de la hora, había compartido suficientes anécdotas incómodas como para convencer a todos de que era, al mismo tiempo, un viudo de luto y una comedia ambulante.

Cuando Marlene terminó con un suave: «Nos alegra mucho que estés aquí, Josh. Nos vemos la semana que viene. Quizás puedas traer a la familia contigo», pensé que tal vez saldría ileso.

Eso fue hasta que Sophie apareció en la puerta. Ella me había llevado; su idea de una sutil vigilancia. Me vio despedirme del grupo con la mano y luego me miró con esa expresión de preocupación.

¿Papá? ¿Estás bien?

—Genial —dije—. Acabo de procesar un montón de sábanas ajustables esta noche.

Ella suspiró. "Le diré a Claire que lo hiciste bien".

Maureen flotaba a mi lado mientras salíamos, su brillo cálido contrastaba con el aire nocturno. «Estuviste magnífico. Sobre todo, el ataque de tos».

Solté una carcajada y luego me la tragué antes de que Sophie pudiera oírla.

Mi hija ya estaba convencida de que me faltaban algunos platos para llenar el lavavajillas. No necesitaba empeorarlo.

Cuando llegamos al coche, miré a Maureen con el ceño fruncido y murmuré: «Bueno, felicidades. Otra vez. Somos oficialmente la pareja más loca de la ciudad».

Maureen se sentó en el asiento del copiloto, sonriendo. "Josh, siempre lo fuimos".

Y no pude evitar reír y llorar al mismo tiempo, abrochándome el cinturón de seguridad mientras mi esposa fantasma me abucheaba durante todo el camino a casa.

UNIÉNDOSE AL CÍRCULO

Debería haberlo sabido. De verdad que debería haberlo sabido.

Todo empezó con Claire.

"Papá" —dijo, agitando el teléfono como si fuera un mazo—, "Daniel y yo te acompañamos a tu próxima sesión de duelo. Para recibir apoyo".

"¿Para apoyar? No es una reunión de la Asociación de Padres y Maestros" —pregunté.

"Ayudará" —dijo con firmeza.

Daniel sonrió. "Además, será divertidísimo verte llorar otra vez sobre sábanas ajustables".

Y así, una semana después, allí estábamos: Claire, Daniel y yo, entrando al centro comunitario como una familia de comedia trágica. Sophie se había ofrecido a conducir, pero convenientemente "tenía planes", lo que sospeché que significaba esconderse en casa con palomitas, esperando el informe.

La habitación seguía igual: sillas plegables en círculo, luces fluorescentes zumbando como avispas. Marlene sonrió cálidamente. «Bienvenido de nuevo, Josh. ¡Y trajiste a tu familia!».

"Desafortunadamente", murmuré mientras quitaba una pelusa de mi suéter azul.

Claire me lanzó la mirada de "no empieces". Daniel me guiñó un ojo como si estuviera a punto de hacer una audición para monólogo.

Maureen apareció al instante, sentada en la silla vacía a mi lado. Miró a Claire y a Daniel, y luego a mí, con una sonrisa maliciosa. «Ay, esto va a ser divertido. Diles que yo también estoy aquí. A ver cómo reaccionan».

Le susurré: "Compórtate".

Marlene aplaudió suavemente. «Esta noche, me gustaría que compartiéramos no solo nuestro dolor, sino también cómo nuestras familias lo están sobrellevando juntas».

Genial. Un tema familiar.

Una señora de cabello plateado al otro lado del círculo comenzó a hablar entre lágrimas sobre su difunto esposo y cómo su hija había regresado a casa para ayudarla. Todos asintieron, secándose los ojos.

Entonces la mirada de Marlene se posó en mí. "Josh, ¿quieres compartir con tus hijos?"

Claire se sentó erguida, con el folleto perfecto. "Por supuesto. Hemos estado animando a papá a mantenerse activo, explorar redes de apoyo y mantener una rutina saludable".

Daniel murmuró: "Y deja de gritarle a los electrodomésticos".

Maureen se rió entre dientes. "¡Diles que ayer también le gritaste a la tostadora!"

Casi lo dije en voz alta, pero me contuve justo a tiempo y fingí toser. Claire me miró con el ceño fruncido.

"¿Josh?" —preguntó Marlene amablemente.

Me aclaré la garganta. "Sí. Bueno. Mis tres hijos tienen buenas intenciones. Me vigilan. A menudo. Con agresividad. Pero estoy bien. Lo hablo todo."

"¿Con quién?" preguntó Marlene.

Allí estaba. La mina terrestre.

—Con... —Dudé, mirando a Maureen, que ahora hacía mímica de lanzar besos a los niños—. Conmigo mismo. Diálogo interno. Muy sano.

Claire sonrió cortésmente, pero sus ojos gritaban: "Discutiremos esto más tarde".

Daniel sonrió con suficiencia. "Se refiere a mamá".

El grupo murmuró con simpatía. Claire se pellizcó el puente de la nariz.

—Diles que todavía acaparo el baño —susurró Maureen alegremente.

Y como un idiota, lo repetí, casi en voz baja: «Sigue acaparando el baño».

La cabeza de Claire se giró hacia mí. "¿Qué?"

Daniel se atragantó, intentando contener la risa. «Papá, ¿qué...?»

Volví a toser con fuerza. "¡Ja, ja, temporada de polen! ¡Qué mal este año!"

Marlene, bendita sea, asintió sabiamente. «Es común sentir su presencia en la vida cotidiana. Incluso en los baños».

Claire parecía querer que el suelo se la tragara. Daniel jadeaba abiertamente, entre sus manos.

A partir de ahí la sesión fue cuesta abajo.

Un hombre al otro lado del círculo compartió que todavía hablaba con la fotografía de su difunta esposa todas las noches.

A Claire se le saltaron las lágrimas. Daniel susurró: «Papá también hace eso, solo que discute con ella sobre las líneas de vacío».

Lo fulminé con la mirada. Encantada, Maureen susurró: «Dile que tiene razón».

Para cuando Marlene terminó con un ejercicio de respiración guiada, Claire estaba tiesa como una tabla, Daniel resoplaba cada 30 segundos y yo sudaba a mares intentando no soltar nada relacionado con fantasmas. Mientras tanto, el fantasma se lo estaba pasando bomba.

Al salir, Marlene nos detuvo en la puerta. "Fue maravilloso verlos apoyando a tu padre. El duelo se lleva mejor en compañía".

Claire asintió solemnemente. «Sí. Juntos».

Daniel murmuró: "O en habitaciones acolchadas".

Afuera, en el estacionamiento, Claire se volvió hacia mí.

—Papá. No puedes seguir diciendo esas cosas en público. La gente pensará... —Se detuvo, tragando saliva—. Pensarán que no estás bien.

Daniel añadió: «Es divertidísimo, pero también... un poco preocupante».

Levanté las manos. «Estoy bien. Perfectamente bien. Solo estoy recordando a tu madre. En voz alta».

Claire suspiró. "Hablaremos de esto más tarde".

Se marcharon juntos, sin duda planeando Intervención: La Secuela.

En cuanto su coche desapareció, me apoyé en el mío, exhalando con fuerza. Entonces me reí. Una risa que se convirtió en lágrimas antes de que pudiera contenerla.

Maureen apareció a mi lado, radiante. "Ay, Josh. Deberías haber visto sus caras. No tienen precio".

Me sequé los ojos, sin dejar de reír. "Felicidades. Somos oficialmente la familia más disfuncional del pueblo".

Me rodeó los hombros con el brazo, o al menos me dio la impresión de hacerlo. "Cariño, siempre lo fuimos".

Y me reí de nuevo, las lágrimas empañaron las luces del estacionamiento, sabiendo que ella tenía razón.

VISITA A DOMICILIO

Justo cuando pensaba que las cosas no podían mejorar, descubrí cuánto habían perdido la fe mis hijos en mí. ¿Cómo? Por los refuerzos que habían enviado directamente a mi sala.

Ocurrió un martes. Estaba vaciando el lavavajillas (no me pregunten por mi "técnica"; ya hablamos de ese campo de batalla) cuando sonó el timbre. Sophie estaba allí, retorciéndose las manos, y a su lado estaba... la terapeuta de grupo. *Mi* terapeuta de grupo. Portapapeles en mano.

—Papá. Veo que llevas puesto el jersey azul. Como siempre —dijo Sophie, mirando nerviosa a Marlene—, pensé que estaría bien que Marlene viniera a visitarnos.

"¿Genial?" —repetí—. "¿Como si una colonoscopia sorpresa fuera agradable?"

Sophie me miró con expresión de "no me avergüences delante de la empresa".

Marlene sonrió serenamente y entró.

Uno pensaría que este sería el momento perfecto para que Maureen se portara bien. Calladita. Mezclándose. Haciéndome pasar por semi-sensato.

Pero no.

Ella apareció en el momento en que la puerta se cerró, posada en el brazo del sofá como un loro presumido.

—Ay, esto va a ser genial —susurró alegremente—. Dile que rondo el cesto de la ropa sucia.

—Ahora no —susurré.

"¿Perdón?" preguntó Marlene.

—Eh... pelo de gato. Me sale... un montón de pelo de gato.

No tengo un gato.

Marlene tomó nota.

Sophie la hizo entrar como un agente inmobiliario presumiendo una propiedad. «Aquí está el salón. Papá pasa la mayoría de las tardes aquí, en el sillón reclinable. Viendo la tele. Leyendo».

Maureen se acercó. «Dile que discutes conmigo sobre todo por el control remoto».

Reprimí una carcajada y la disimulé como una tos. «Sí. Tardes muy tranquilas».

Nos mudamos a la cocina.

Marlene echó un vistazo al lavavajillas abierto. Mi orgulloso y caótico revoltijo de platos parecía la evidencia de una escena del crimen.

"Josh" —dijo con suavidad—, "me doy cuenta de que el lavavajillas está cargado de forma creativa".

Maureen se rió entre dientes. «Dile que es arte moderno. Llámalo 'Caos Cerámico n.º 5'».

Antes de poder detenerme, exclamé: "¡Es arte moderno!".

Ambas mujeres se giraron.

Tosí. «Eh, bueno, mi filosofía. Expresionismo doméstico».

Marlene asintió lentamente, anotando algo.

La cara de Sophie gritó: Oh Dios, está condenado.

Nos trasladamos a la lavandería.

Mala idea.

La sábana ajustable de mi último intento en solitario estaba amontonada encima de la secadora, como una medusa muerta.

—Ah —dijo Marlene con delicadeza—. ¿Tienes problemas con las sábanas?

Maureen se apoyó en la pared, riendo tan fuerte que casi la atravesó. "¡Dile que intentó estrangularte!".

Me reí nerviosamente. "A veces se resiste".

Marlene asintió con gravedad, como si acabara de confesar que luchaba contra demonios internos en lugar de contra esquinas elásticas.

Finalmente llegamos al dormitorio.

Gran error, gran error, un gran error.

Los ojos de Marlene se posaron en las dos almohadas: la mía, plana y triste, y la de Maureen, regordeta e intacta.

—Conservaste su almohada —dijo en voz baja.

Me quedé congelado.

Maureen se acercó, con voz suave. «Dile que todavía huele a mí. Porque sí».

Se me hizo un nudo en la garganta.

Por un segundo, casi lo dije. Pero entonces vi que Sophie me observaba, con el labio tembloroso, y supe que, si lo admitía en voz alta, se derrumbaría.

Me aclaré la garganta. "Sí. Me reconforta."

Marlene sonrió amablemente. "Eso es saludable".

Maureen puso los ojos en blanco. "¿Saludable? A veces babea sobre él. Se lo pone entre las piernas como si me estuviera acunando el trasero".

Resoplé antes de poder detenerme.

Ambas mujeres se quedaron mirando.

—¡Temporada de polen! —exclamé—. Terrible, ¿verdad?

—Sigues diciendo eso, papá, pero nunca supe que tuvieras alergias. ¿Qué pasa? —preguntó Sophie, casi exigiendo.

Me encogí de hombros.

Marlene tomó otra nota. Sophie se frotó la frente.

El recorrido concluyó en el salón.

Marlene cerró su cuaderno y me miró con una mezcla de preocupación y satisfacción. «Josh, veo que sigues muy conectado con tu esposa. Ese vínculo es hermoso, pero conviene que sepas distinguir entre el recuerdo y la presencia».

"¿Presencia?" —repetí.

—Sí —dijo con dulzura—. Voces, sensaciones. A veces el dolor juega malas pasadas.

Maureen se inclinó, sonriendo con suficiencia. "Dile que te acabo de pellizcar el trasero".

Casi grité. En lugar de eso, junté las manos. "¡Bueno! ¿Alguien quiere un café o un té?"

Marlene se negó, dijo que "estaría en contacto" y finalmente se fue.

Sophie se quedó junto a la puerta principal, retorciéndose las manos.

—Papá —dijo en voz baja—, sé sincero conmigo. No estás escuchando a mamá, ¿verdad?

La miré —mi dulce niña, con los ojos llenos de preocupación— y forcé una sonrisa. "No, cariño. Solo estamos hablando de esto".

Ella asintió, me abrazó fuerte y se fue.

En el momento en que la puerta se cerró, me dejé caer en mi sillón reclinable y la risa brotó de mí en oleadas de impotencia.

La risa y las lágrimas ahora están siempre entrelazadas como siempre ocurre en estos días.

Maureen se sentó a mi lado, sonriendo. "Bueno, cariño, felicidades. Has asustado oficialmente a tu terapeuta y a nuestra hija".

Me sequé los ojos, sin dejar de reír. "Somos la pareja más loca de la ciudad".

—Sí, nos lo decimos una y otra vez y puede que lo creamos. —Besó el aire cerca de mi mejilla, brillando suavemente—. Y orgullosa de ello.

CAPÍTULO 15

NOCHE DE PALOMITAS Y UNA ZONA GRIS

El viernes siempre era un gran día o noche para mí. Entonces, este viernes por la mañana, entre cepillarme los dientes y decidir si valía la pena usar calcetines, me di cuenta de que aún tenía una clave: Maureen y mi viejo ritual.

Viernes por la noche, películas y palomitas.

No importaba lo larga que hubiera sido la semana, nos encontrábamos allí. El mundo podía tambalearse sobre su eje, pero a las 7 p. m. me aseguraba de que los granos entraran en la máquina de palomitas de aire caliente, y a las 7:15 p. m. discutíamos sobre los subtítulos.

Barrí la encimera, enjuagué los platos y los metí en el lavavajillas (como me habían indicado), luego medí el aceite como un químico intentando impresionar a un estudiante. La cocina vibraba con la suave impaciencia del reloj de pared.

El sol ya había desaparecido y solo la lámpara de pie iluminaba sutilmente el salón. Abrí la bolsa de granos de maíz y los metí en la pequeña máquina de palomitas. Los granos cayeron tintineando como castañuelas, y sentí algo que no había sentido en meses: un zumbido. No era electricidad. Era anticipación.

"¿Te vas a poner elegante?", dijo Maureen; la cadera contra el mostrador, las cejas arqueadas y el cabello cayendo en cascada sobre sus hombros, hermosa como siempre.

Se movió de esa posición y se sentó en el taburete bajo su suave resplandor, cruzando un pie sobre el otro. "¿Palomitas calentadas al aire? Mírate, el rey de los chefs un viernes".

—Las palomitas de maíz precocinadas para microondas son para cobardes —declaré, con la nariz en alto y orgulloso—. Y siempre decías que las palomitas calentadas por aire salían volando de la boquilla como un misil, que la pequeña palomita calentada por aire hacía que supiera a cine, antes de que prohibieran la mantequilla y la alegría.

Ella sonrió como solía hacerlo cuando decía algo más tonto de lo necesario.

"Estamos aquí para supervisar, ¿verdad?", añado.

"Estoy aquí para robarme el primer puñado", dijo, e incluso la provocación se sintió como una mano cálida en mis costillas.

Eché algunos granos de maíz para probar y esperé a que sus valientes corazoncitos latieran con fuerza. La cocina se llenó del aroma del maíz, que traía consigo la promesa de sal tibia y niñez. La máquina de palomitas de maíz se sacudió y emitió los sonidos de una maraca con ambición mientras llenaba la cocina.

"¿Recuerdas cuando dijiste que el secreto era la fe?", pregunté.

Maureen levantó la barbilla. "Siempre lo es. Le pones una tapa a algo que vibra y confías en que el calor lo haga florecer".

La máquina de palomitas de maíz se volvió loca: pop, pop, pop, pop, una línea de tambores en un casco de metal, y por un segundo, juro que pude oír su risa entrelazada con el sonido. Vertí la avalancha blanca en nuestro viejo tazón de acero inoxidable, el que tenía la pequeña abolladura.

"¿Sal?" pregunté.

—Y la buena mantequilla —dijo—. No te hagas el sano esta noche.

Derretí un poco hasta que se volvió dorado y resbaladizo, lo vertí por el colador como una disculpa que ambos aceptaríamos y agité el tazón para que la brillantina se esparciera por todas partes. Le puse un poco de pimienta negra encima porque me sentí como un chef narrando sus propios movimientos.

Maureen aplaudió con los ojos.

"¿Qué película es?" preguntó mientras nos dirigíamos al salón.

La habitación había sido ordenada hasta el último detalle y coloqué el control remoto en un lugar donde no pudiera humillarme.

"Pensé que ampliaríamos tu curiosidad y educación".

Levanté el DVD que había tomado prestado de la biblioteca, porque a mi edad todavía creía que tenía cosas que aprender: "Cincuenta sombras de Grey".

Su rostro pasó por un ciclo rápido y delicioso: sorpresa, diversión, fingida severidad.

"Estás bromeando, ¿y qué esperas cuando veamos este vídeo?"

—Hablo en serio —dije, poniendo mi mejor voz de presentador de un programa de entrevistas—. Un fenómeno cultural que nos saltamos porque estábamos ocupados con nuestros hijos y con la hipoteca.

"Vimos el tráiler una vez", dijo, sentándose en nuestro salón, que aún contenía lo que parecían un millón de almohadas mientras me hacía un gesto con una mano fantasmal posesiva para que las arreglara.

—Sostengo que los hombres con corbatas apretadas son sospechosos —respondí, besando el aire a un centímetro de su sien, porque ahí era donde mi boca sabía que debía ir.

Ella sonrió con más dulzura. "¿Por qué ésta?"

No quería decir «porque te extraño y esto podría ayudar», pero eso era lo que resonaba bajo la tapa. Me aclaré la garganta. «Porque es viernes. Por las palomitas. Porque es ridículo. Porque tengo curiosidad —no me digas que no— y porque quiero recordar las partes eléctricas».

Su mirada se suavizó. "Entonces, presione play, señor".

El logo del estudio se deslizaba entre rascacielos helados y una banda sonora que se esforzaba demasiado.

Nos recostamos hacia atrás.

Equilibré el plato entre mis tobillos.

Podía sentir su ausencia de peso a lo largo de mi costado, cómo el sofá encontraba sutilmente la forma que había aprendido de nosotros, incluso sin ella.

A los 10 minutos, yo criticaba la arquitectura del edificio de oficinas. A los 20, Maureen criticaba la arquitectura del contrato. "¿Quién negocia la cláusula 14 sin bocadillos?", murmuró. "Traigan un abogado y una tabla de quesos".

"¿Subtítulos?", pregunté. "Siento que nos faltan matices".

"El matiz es gris", dijo con seriedad. Luego, más suave, añadió: "Estás perdiendo el tiempo".

Ella tenía razón.

Bajo las risitas y los malos diálogos, algo vibraba: un motor casi olvidado que se ponía en marcha después de un largo invierno.

No era la película, realmente no.

Fue la forma en que inclinó la cabeza sobre una línea que sabía que citaría en el desayuno.

Era la luz detrás de las persianas.

La forma en que mi mano conocía la ruta desde su rodilla hasta su muñeca.

De la misma manera que nuestros viernes por la noche solían correr una suave cortina alrededor de la casa y decirle al resto del mundo que volviera al día siguiente.

En la pantalla, dos personas hermosas fingían estar inventando el deseo. A mi lado, el deseo se había inventado hacía mucho tiempo y ahora regresaba de su año sabático con papelería nueva.

Maureen extendió la mano, con las puntas de los dedos flotando justo encima de mi manga, como un pájaro que se preocupa lo suficiente como para no clavar sus garras en la corteza.

"¿Recuerdas" —murmuró—, "la vez que pausamos Casablanca porque declaraste una emergencia nacional en la cocina?"

—Pan de ajo —dije sonriendo—. A veces hay que hacerlo.

"Volviste oliendo a pizzería", dijo. "Y de alguna manera, eso fue romántico".

"Fue la mantequilla", dije con gravedad.

—Fuiste tú —corrigió ella.

La película entró en su famosa dinámica —susurros, seda y música diseñada para subir los termostatos— y aunque quería reírme de la teatralidad, una parte de mí no podía. O mejor dicho, una parte de mí no quería.

Porque algo había estado esperando permiso. Se abrió una puerta y la habitación se reorganizó alrededor de la respiración.

Puse el plato sobre la mesa. El tintineo sonó demasiado fuerte.

Los ojos de Maureen se posaron en los míos, y en esa mirada no había un desafío sino una invitación tan antigua como nosotros, tan inmediata como ahora.

"Josh", dijo, y pronunció mi nombre a la antigua usanza, con una gramática descompuesta para que pudiera tocar el verbo directamente. "Continúa".

"¿Estás segura?" pregunté porque, como mínimo, soy un caballero que necesitaba el consentimiento de su esposa fantasma.

Ella asintió, y el gesto fue solemne y malvado a la vez, como una iglesia y un carnaval. "No puedo acompañarte" —dijo, y la honestidad le dolió profundamente—. "Pero estoy aquí. Quiero que te sientas viva. Quiero que me desees".

—Sí, quiero —dije, porque la frase se había acumulado como calor y por fin podía liberarla—. Sí, quiero.

Me puse de pie.

La habitación se tambaleó y luego se estabilizó, como el primer impulso de una bicicleta tras diez años de caminar. La miré; ella inclinó la cabeza hacia el pasillo, hacia nuestro dormitorio.

Nos movimos. Silenciosamente, sí. ¿Tensos? No exactamente. Más bien afinando.

El dormitorio había adoptado la costumbre de estar ordenado desde que se fue; el dolor, a pesar de todo su caos, me había vuelto ordenado. Encendí la lámpara de la mesita de noche y pareció iluminarse con una luz tenue de finales de verano.

La cama recordaba nuestras formas.

La almohada que amaba aún conservaba la más leve sombra de su perfume, el tipo de perfume que solía hacer que las mañanas se inclinaran hacia la travesura.

Me senté en el borde, con las manos en las rodillas, sintiéndome a la vez como un senador y un joven de 16 años. Ella se quedó de pie —no, flotando— frente a mí, y me di cuenta de algo que debería haber comprendido hace años: el deseo es menos imagen que frase, menos cuerpo que gramática.

Es la forma en que un hombre y una mujer se transforman en un "nosotros" y luego se separan para maravillarse ante la costura.

—Dime —dije—. Dime qué dirías.

Ella sonrió lentamente, y era exactamente la sonrisa que nos había metido en problemas miles de veces.

—Te diría que respiraras —dijo—. Que te tomaras tu tiempo. Que recordaras dónde me gustaban tus manos. Que recordaras que me gustabas.

Mi pecho se elevó y luego cayó. «La especificidad ayuda», murmuré, y ella rió, en voz baja y cariñosa.

"Te diría que me encantan tus hombros cuando crees que nadie te ve", dijo. "Te diría que me encanta cómo tu boca se pone seria antes de volverse amable. Te diría que dejaras de disculparte con la mirada".

—Te diría —le dije, repentinamente valiente— que tu cabello siempre olía a conspiración. Que podías hacer sonrojar una habitación con solo entrar. Que nunca aprendí tu mapa tanto como el clima: dónde llovía, dónde calentaba el sol, dónde sonaba el viento.

"Y te diría" —dijo ella, bajando la voz—, "que seas el hombre que sé que eres".

La frase me cayó como una campana.

Puse la mano sobre el colchón, con la palma extendida, sintiendo la huella de una vida. «Lo haces fácil».

—Vamos, Josh. ¡Vive! —dijo ella.

Había una manera de describir lo que sucedió después que implicaría los verbos habituales.

Yo no los usaría. Aquí no.

No es que fuera tímido: sería un error pretender que el antiguo lenguaje se adapta al nuevo escenario.

Lo que sí pude decir fue que dejé que la película en la otra habitación hiciera su brillante trabajo mientras yo hacía el mío: el de recordar, invitar y no disculparme con el aire por querer calor.

Cerré los ojos y hablé con ella mientras dejaba que mi cuerpo fuera humano.

Le conté cosas que había estado guardando como contrabando: cómo me dolían las mañanas porque la cama había estado muy fría durante la noche, cómo me dolían las tardes porque su sillón reclinable tenía demasiado eco, cómo había temido al deseo porque lo sentía como una traición, y cómo ahora, finalmente, había realizado ese deseo en una especie de fidelidad: fidelidad a lo que construimos, fidelidad al hecho de que mi corazón no ha terminado de desearla.

Ella respondió, con palabras, sí, y también con silencios que se sentían como la punta de un dedo presionando mi pulso.

Ella me dijo que me amaba.

Una y otra vez.

No con fuegos artificiales, sino con una vela encendida que se negaba a apagarse en una habitación.

Ella me dijo que yo era su hombre.

Me dijo que no me avergonzara de los ruidos que hace un cuerpo vivo cuando recuerda que no es un museo.

Ella me dijo que me encontrara con ella a mitad de camino a través de un puente que no podíamos ver y que la saludáramos con ambos brazos.

Lo hice.

Había un punto en el que parecía una cresta: el viejo borde brillante donde la respiración y la oración se confundían fácilmente. Recordé todos nuestros viejos chistes sobre relojes sincronizados y bocadillos en el intermedio, y me reí —una risita alegre y entrecortada— y luego dejé que la risa se fundiera en algo más suave.

¿Es posible tener un momento privado con una persona a la que no puedes tocar?

Sí, me dije.

El tacto siempre había sido más que piel.

Era la vista, el sonido, los recuerdos, la sensación de tu nombre en sus labios y la forma en que tu boca se familiarizaba con sus labios y ojos. Era el permiso para ser tonto y la valentía para ser directo. Eran las manos que deseabas poder sostener, guiando las manos que realmente tenías.

Cuando terminé —*si terminé es la palabra; prefiero decir llegué*— me recosté, mareado y despejado.

La lámpara convirtió el techo en un viejo mapa.

En la puerta del dormitorio podía ver la estrecha franja de luz del salón, donde nuestra ridícula película continuaba sin nosotros, sin inmutarse por nuestra negativa a verla.

Maureen se acercó, su resplandor se suavizó hasta convertirse en un halo por el que un coro podría pelearse. Se sentó —casi, siempre casi— a mi lado, y sentí que el colchón cedía un poquito, imposible.

—Oye —dije sonriendo como un tonto que había aprobado un examen que nadie más le había asignado.

"Oye", respondió ella. Había 25 años de matrimonio en esa sílaba.

Giré la cabeza para mirarla, lo cual era una frase que no debería haber sido plausible y, sin embargo, siempre había sido la tarea.

"Lo siento", dije.

"¿Por qué?" preguntó suavemente.

—Por desearte —dije—. Por pensar que era desleal desearte así.

Sus ojos se llenaron de calidez. «Querer o extrañar no es deslealtad», dijo. «Es gramática otra vez. Estás conjugando el amor en un tiempo verbal que no esperabas usar».

"Presente imperfecto", dije.

Ella se rió. «Josh, mi amor, siempre fuiste imperfecto. Eso era parte de lo que me atraía».

Nos quedamos allí, sin tocarnos, como si pudiera tocarla.

La insinuación debía su fuerza a lo no dicho, y nos habíamos vuelto muy hábiles para dejar espacio entre las palabras. Aun así, dije algunas cosas más: que era hermosa, que la deseaba, de nuevo, que el deseo no hería, que animaba.

—Bien —dijo—. Que sigan las ganas. Que sigan el viernes. Que sigan las palomitas.

"¿Aunque las queme?" pregunté.

—Sobre todo entonces —dijo con la severidad por la que me casé con ella—. Los bordes quemados prueban que encendiste la calefacción.

Regresamos al salón porque eso era lo que hacían los enamorados: volvían al escenario de sus rituales. El plato esperaba, todavía medio lleno, con la pimienta escondida como pequeñas pecas. Me senté; ella se acurrucó en un rincón. En la pantalla, dos actores defendían la coreografía. Nosotros también defendíamos la coreografía, pero la nuestra implicaba un control remoto, una manta y chistes tontos y suaves.

"Creo que la escritura podría ser mejor", dije.

"Creo que tu actuación estuvo excelente", respondió, y le lancé una piedra de maíz. La atravesó y cayó en la alfombra con una rendición que nos hizo reír a ambos.

—Confeti —dije—. Por sobrevivir al invierno.

"No has terminado de sobrevivir", dijo. "Pero sí has terminado de fingir que no quieres la primavera".

Respiré.

Eso es todo.

Respiré y me di cuenta de que volvía a ser bueno en eso.

La habitación parecía más grande, pero no porque yo fuera pequeño.

Porque podía sentir los rincones de nuevo, el lugar donde la lámpara se encontraba con el rodapié, donde la sombra se encontraba con la pata de la silla, donde la pared recordaba la risa como la pintura recordaba las manos.

"Gracias", dije.

—De nada —dijo ella—. Siempre.

Los créditos transcurrían con la solemnidad que se otorgaban las películas.

Nos quedamos sentados hasta que la pantalla se apagó y la habitación se sumió en la oscuridad absoluta. Cuando apagué la lámpara, el silencio se volvió terciopelo en lugar de piedra.

La acompañé de vuelta por el pequeño pasillo porque las viejas costumbres se me pegaban como la hiedra. En la puerta del dormitorio me detuve y toqué el marco como hacía cuando quería asegurarme de que la casa supiera que estaba perdonada por albergar mi dolor.

"Sabes" —dije—, "tenías razón".

"¿Sobre qué?"

—Sobre la fe —dije—. Se le pone una tapa a algo que vibra y se confía en que el calor lo hará florecer.

Ella sonrió, lenta y complacida. "¿Ves? Palomitas como teología".

Me apoyé en el marco de la puerta; la vieja y tonta risa me devolvió la sonrisa porque tenía todo el derecho a estar en casa. «La película lo sacó a relucir», dije. «La pasión».

—No lo trajo —corrigió—. Movió la tapa.

Asentí. "La muerte no se lo llevó".

—No —dijo ella—. Cambió la habitación donde vive la pasión. Pero la habitación sigue siendo tuya para entrar.

"Te extraño mucho", dije, porque la frase era la columna vertebral; sostenía el resto del cuerpo.

"Lo sé", dijo, y esa certeza me envolvió las costillas; las hizo menos jaula y más cuna. "Yo también te extraño".

Me quedé allí un minuto más, dejando que el aire que había calentado se mantuviera caliente. Luego encendí la alarma, y cuando por fin me metí en la cama, deslicé la mano por la sábana, con la palma abierta, como quien se da la mano a sí mismo. El algodón fresco respondió. En algún lugar del pasillo, la cocina se olvidó de estar sola.

"Viernes", murmuré al techo.

"El viernes", asintió ella.

Dormí como quien finalmente ha recordado algo vital: que la pasión no es un visitante sino un ciudadano, y el dolor no puede revocar su pasaporte.

Soñé con granos de maíz que estallaban, uno por uno, y me quedé dormido con Maureen, como siempre, en mi mente.

CAPÍTULO 16

CONTENEDORES ROJOS, AMARILLOS Y VERDES

Las tardes de los lunes en Northport, Nueva Gales del Sur, tenían una banda sonora muy particular: urracas cantando como críticos de jazz, una cortadora de césped tosiendo tres casas más allá y el chirrido de las ruedas de plástico mientras cada entrada sacaba un contenedor de colores primarios. Rojo para lo general. Amarillo para el reciclaje. Verde para el optimismo que sentía cada vez que podaba algo vagamente frondoso.

Me puse el jersey de Georgia Tech —limpio ya, almidonado como un buen ejemplo— y desenrollé la tapa roja primero. Maureen apareció a mi lado con el aire de una supervisora sorprendida en plena inspección.

"Manéjalo hacia abajo para que no se escape", dijo.

"Es un contenedor, no un galgo", murmuré, pero lo volteé de todos modos. Su aprobación fue como un aplauso.

Hicimos nuestro pequeño desfile.

Abrí la tapa amarilla y saqué un frasco de espaguetis vacío que había tirado dentro con la tapa todavía puesta, sabiendo ya lo que iba a decir.

—Sin tapas —chasqueó la lengua—. Enjuaguen y separen. No somos animales.

—Sí, jefa —dije—. ¿Algo más mientras repito el examen de reciclaje de duodécimo año?

—Metiste una caja de pizza ahí —dijo, señalando con ese dedo espectral y sagrado—. Grasa, Joshua. Eso va en rojo.

"No es grasa, es residuo de sabor".

"Rojo", repitió, un sistema judicial, en una palabra.

Lo cambié y como estaba de buen humor seguí hablando.

Así empieza, ¿no? Un minuto estás charlando en privado con tu ser querido difunto y al siguiente presentando un programa de radio unipersonal para la calle.

—Sabes —dije (en voz alta, aparentemente con una proyección de cine a media altura)—, sigues siendo mandona incluso en el más allá.

Maureen sonrió. "¡Proyecto a la última fila! El público de los asientos baratos no puede oírte".

—Bueno, si aún no pueden oírme...

—¡Buenas tardes, Josh! —gritó la señora Patel desde la casa a mi derecha, deteniéndose a mitad de la manguera. El agua se arqueaba sobre sus rosas; un arcoíris intentó formarse, pero luego lo pensó mejor.

Me sobresalté como un pollo atrapado en una panadería. "¡Buenas tardes! Preciosa tarde. ¡Llena de... humedad!"

Intenté hacer que mi cara dijera "Bluetooth", dándome palmaditas en la oreja como si algún auricular invisible justificara mi conversación pública.

Mi oreja me devolvió el golpe: nada. Por supuesto.

Dos casas más allá, el Sr. Pyle se cortaba los bordes con la intensidad de un cirujano y el bigote de quien ha ganado discusiones con los ayuntamientos. Levantó la vista, entrecerró los ojos y se dirigió hacia mí, blandiendo las tijeras de podar como si fueran el cómplice de un villano. Detrás de él, su perro pastor, Bickie, sonreía como todos los perros australianos cuando estaban a punto de actuar.

Maureen se inclinó, encantada. «¡Qué bien! Testigos».

—No te atrevas —susurré.

"¿A quién exactamente no nos atrevemos?", dijo el señor Pyle, ahora lo suficientemente cerca como para contar los hilos de mi suéter.

Sus ojos recorrieron mi rostro rápidamente en busca de cables. Al no encontrar ninguno, sus cejas hicieron el trabajo pesado. "¿Tienes razón, amigo?"

"Soy... espectacular", dije, y al instante lamenté haber elegido un adjetivo más humilde. "Solo charlaba un rato".

"¿Por tu cuenta?" dijo.

—Con conceptos —dije—. Estoy ensayando un podcast. Título provisional: Contenedores y filósofos.

La Sra. Patel se acercó, agarrándose la nariz como si fuera un detector de mentiras. "¿Pensé que quizás estabas en el altavoz?"

—Oh, no —dije—. Esto es comunicación clásica. Analógica. Le hablo al aire; el aire considera.

"Como una oración" —dijo amablemente.

"Sí", dije, agarrando la cuerda salvavidas, "exactamente como la oración, pero con opiniones más firmes sobre las cajas de pizza".

"Quítense las tapas", intervino Maureen, incapaz de resistirse.

"Lo escuché", dije en voz alta, lamentablemente.

"¿Qué oíste?" dijo el señor Pyle.

—Las urracas —dije—. Horribles en esta época del año. Son aves muy testarudas.

Bickie estornudó con un tono que sugería escepticismo. Un adolescente en bicicleta pasó volando, me miró, miró el espacio junto a mí y casi se estrella contra mi contenedor amarillo.

"Cuidado", le dije a nadie en particular.

"¿Estás seguro de que estás bien?" dijo Pyle, más suave ahora.

Él y yo nos habíamos unido en el pasado por nuestro odio mutuo hacia los comentarios televisados de cricket, y él tenía esa expresión de vecino que reconozco en el espejo: preocupación disfrazada de mal humor.

"Te vi la otra semana gritándole a tu buzón".

—Eso fue una abeja —dije—. Teníamos diferencias.

Se movió, sus ojos se posaron en mi jersey. "Mi Mavis tenía un cárdigan que usaba para todas partes al final", comentó, como una pequeña bandera de territorio compartido. "Decía que hacía que los días fueran menos ecos".

—Funciona —dije, con la misma suavidad. Por un segundo, el sendero fue una tregua.

Entonces, el momento se evaporó. Tuve que rematarlo con la boca.

"¿Alguna vez hablas con ella?" pregunté antes de que la cordura pudiera golpearme con un periódico enrollado.

—Todos los días —dijo simplemente—. Pero no lo hago la noche de recoger la basura con voz de pregonero. —Sonrió para quitarle hierro al asunto—. Pásate a tomar una taza si quieres.

Él y Bickie regresaron lentamente a su césped.

La señora Patel me dio una palmadita húmeda en el brazo y volvió a sus rosas.

El niño del scooter ejecutó un salto de conejo confundido y desapareció, sin duda para TikTok la saga del Profeta Bin.

Maureen aplaudió en silencio. «Un 10 sobre 10. Ya eres un personaje del barrio. Como la cacatúa que roba perchas».

"Maravilloso", dije, recuperando lo que me quedaba de dignidad y sacando el contenedor de tapa verde para que se uniera a sus hermanos. "Me he convertido en *ese* hombre".

Ella ladeó la cabeza. "¿Qué hombre?"

—El que habla con el aire —dije—. El viudo excéntrico. El que susurra fantasmas.

—Lo dices como si no fuera el sueño —dijo ella—. «Excéntrico» significa simplemente interesante en latín.

"Es latín y significa 'Claire llamará dentro de una hora'", dije.

Volvimos adentro e intenté fingir que no le había dado a la calle una matiné gratis. Preparé un espresso con mis cápsulas Lavazza. Lo removí como si removerlo pudiera solucionarlo todo. Maureen se recostó contra la nevera, encantada.

—Admítelo —dijo—. Lo disfrutaste.

"¿Qué? ¿La humillación en público?", pregunté.

"El espectáculo", dijo. "Que gritabas. La forma en que te miraban con curiosidad en lugar de lástima".

Abrí la boca para negarlo, pero llevaba demasiado tiempo siendo mi esposa como para no oír la verdad primero. Sonó el teléfono. La miré. Hizo ese gesto con la mano que significa: «Vamos, veamos el guion».

—Hola, papá —dijo Claire con esa voz cautelosa que usan los adultos al desmoldar un pastel—. Una pregunta rápida.

"Antes de que preguntes, hoy no le grité a un buzón", dije.

Un suspiro. «El señor Pyle llamó».

—Ah. Seguro que sí.

"Dijo que estabas afuera hablando animadamente", dijo. "Cree que te pusiste raro". Esa fue su frase.

Me apreté el puente de la nariz. "Bueno, dígale que lo felicito por leer las actas de la reunión del mes pasado".

"Papá."

—Estoy bien —dije—. Sigo procesando cada día. Simplemente procesando. Hablando con tu madre.

Silencio, luego el sonido de una hija eligiendo una de siete respuestas y descartando las otras seis. "De acuerdo", dijo finalmente, con tono más suave. "Te quiero. ¿Intentas mantener el volumen bajo en público?"

—Me convertiré en un murmullo —dije—. De todas formas, estoy haciendo una audición para el Susurrador Local. Un papel muy prestigioso. Me comunico con los basureros.

Ella soltó una risa reticente, de esas que aparecen cuando uno se preocupa.

Daniel viene el miércoles. Sophie viene mañana. Sin anuncio, sin agenda. Solo viene. Por favor, no le grites a la tetera.

—Sin promesas —dije, y esta vez se rió con ganas. Colgamos.

Me quedé junto al fregadero y observé cómo una franja de nube se deslizaba sobre el sol como un telón de teatro. En la acera, los tres contenedores brillaban con su distintivo color amarillo, como niños bien educados esperando el autobús. En algún lugar, un ave encontró algo gracioso en la cerca de otra persona.

—Eres una leyenda —dijo Maureen, con una mano en la cadera, y su brillo se intensificó al decirlo—. El viudo excéntrico que habla con el aire. El ayuntamiento pondrá tu nombre a una isleta.

—Fantástico —dije—. Cortaré la cinta con mi cordura.

Se acercó flotando, y por un instante la cocina pareció la de antes con nueva iluminación. "¿Sabes qué me gusta de hoy?" —dijo.

"¿Mi impecable relación con los vecinos?"

—Que no te escondiste —dijo—. Te has escondido en un rincón durante meses. Hoy, te paraste en medio de la calle y fuiste, bueno, tú. Demasiado ruidoso, demasiado honesto, demasiado vivo.

Me apoyé en el banco, deseando que la tetera terminara su pequeño drama. "Y ahora todos creen que me estoy des bobinando".

"Todos ya piensan algo", dijo. "Que lo hagan interesante".

Preparé café para nosotros (para mí) y lo llevé al patio trasero porque la tarde tenía ese aire de atardecer que hace que hasta los contenedores de basura parezcan cinematográficos. Me senté. Ella se sentó cerca de mí o hizo que el aire se calmara. Al otro lado de la cerca, la cortadora de césped del Sr. Pyle tosió hasta jubilarse, y me imagino a su perro dando tres vueltas ceremoniales antes de desplomarse en un suspiro de satisfacción que podría haber sido el mío.

—¿De verdad te importa? —pregunté finalmente—. ¿Y la reputación?

—Claro que no —dijo ella—. Siempre has sido mi bicho raro favorito.

—Maureen, no me siento sola. No cuando estás aquí —dije, probándome la frase como si fuera una chaqueta que había olvidado que tenía—. Soy un misterio entretenido.

"Aquí tienes", dijo, orgullosa de su estudiante. "Eres la subtrama de la que todos hablan en el buzón".

"Hasta la noche de la basura la semana que viene, cuando estrené mi nuevo material", dije. "Un cinco a la vez con el compost".

—Vas a matar—dijo—. Quizás literalmente si vuelves a hablar de cáscaras de plátano.

Nos quedamos allí en el patio trasero mientras disfrutaba de mi café.

A la mañana siguiente, desde la ventana de mi oficina, me senté allí, absorbiendo la nada especial de nuestro barrio, que lo parecía todo. Cuando la camioneta pasó retumbando después del amanecer con sus enormes "manos" para recoger los contenedores y hacer su coreografía de ruido metálico y siseo, esperé a que los tres contenedores estuvieran recogidos antes de devolverlos. La calle se estaba preparando para otro día, y el chico de la moto me señaló a su amigo y susurró con los ojos muy abiertos. La Sra. Patel me saludó con la mano. Pyle asintió con la cabeza, como si dijera: «La invitación a la taza sigue en pie».

Ya no soy quien era. Ya no soy quien creen que soy. Me estoy convirtiendo en folclore local.

Dentro, le quité el polvo al jersey, lo alisé y me quedé allí un rato más de lo necesario. "La semana que viene", le dije a la habitación, que era nuestra habitación incluso cuando era solo mía. "Probaré la versión silenciosa".

—Aburrido —canturreó Maureen—. Pero bueno. Practicaremos tu voz susurrante.

Sonreí. "Los basureros se perderán el espectáculo".

"Escucharán el bis", dijo. "Siempre lo hacen".

Encendí la computadora de escritorio, dejando que la casa aprendiera a arrancar el disco duro. Regresé al salón. El sofá parecía presumido, como si supiera que nuestro viernes había reorganizado el futuro. En el pasillo, las fotos me observaban como testigos corteses. En la puerta del dormitorio, me detuve.

"No eres el viejo solitario del barrio", dijo detrás de mí, leyendo el pensamiento que aún no había decidido tener.

—No —dije, sorprendiéndome de lo fácil que me salió la palabra—. Soy un misterio entretenido.

"Y las leyendas" —dijo—, "raramente susurran".

Me vestí para mi paseo matutino con ella. Yo con mis pantalones de algodón, Maureen con lo que fuera que llevara puesta una luz, con el suave rumor de la calle colándose por la mosquitera, abrí la puerta principal. En algún lugar, la tapa de un cubo de basura se cerró con el viento, como un aplauso inesperado pero que se recibe de todos modos.

CAPÍTULO 17

LA NOCHE ANTERIOR

Pasaron unos días con esa extraña y elástica forma en que el tiempo te mantiene ocupado a propósito. Los contenedores hicieron su desfile semanal y volvieron como perros fieles. El lavaplatos y yo negociamos otra tregua. Incluso doblé una sábana ajustable que parecía —si entrecerrabas los ojos y te lo creías— un rectángulo.

Luego el lunes se convirtió en martes, luego en miércoles y así sucesivamente, y la casa quedó en silencio en un tono diferente. Un silencio que no estaba vacío, sino expectante.

Mañana es nuestro aniversario.

No quería compañía. No quería consejos, ni siquiera del brillo de la mujer cuyos consejos solía fingir resentimiento. Quería algo más pequeño. Así que hice lo que siempre hacíamos cuando el mundo se sentía demasiado irregular: fui al estéreo.

Era el pequeño aparato plateado que compramos en aquella época en la que "compacto" significaba sofisticado y Bluetooth era un dentista. Hacía clic al encenderlo: un clic pequeño y seguro, como si aceptara guardar tus secretos. Saqué del estante la vieja funda de CD, la que tenía su letra en notas adhesivas: «Nuestra boda», subrayado dos veces, y, entre paréntesis, «Guarda esto, Josh». (No lo hice yo. Lo hizo ella. Eso resumió nuestro matrimonio en tres frases).

Introduje el disco y la bandeja se cerró con un susurro. En el salón, la luz de la lámpara teñía las paredes de color miel. Dejé las persianas abiertas para que la luz de la tarde dibujara la sombra del árbol del vecino a través de la ventana del salón. El aire tenía esa frescura de Northport que sólo se consigue cuando el calor se calma.

La primera canción me encontró de pie, sin decidirme. Cerré los ojos y me balanceé. No era un baile, no como solíamos hacerlo; era como un árbol que se armonizaba con el viento. Los primeros compases me eran tan familiares que mi pecho los conocía antes que mis oídos. (Elegimos esa canción porque a ella le gustaba la cantante; a mí me gustó la duración: lo justo para ser romántica, no para que me diera demasiadas vueltas).

Podía oler el viejo perfume que llevaba el día de nuestra boda porque el recuerdo era el mejor contrabando.

Por un instante, el salón volvió a ser aquel campo de golf: el sol del atardecer sobre la piedra, la fuente que Tony insistió que sería «un lugar ideal para una foto». (Tenía razón, y le dije que nunca lo escucharía de mí. Lo oyó cuatro millones de veces después de que lo vi).

Nos quedamos junto a esa fuente con las mejillas aún sonrojadas después de nuestra ceremonia de compromiso y dijimos: «Sí, quiero». Esa foto estaba ahora en el comedor, lo suficientemente grande como para ser un invitado extra en cada comida.

Me balanceé, con los ojos cerrados, y ella se acomodó detrás de mis párpados exactamente como solía hacerlo en mis brazos.

No hablé. Al principio no.

Esto no fue una citación.

El suéter —mi ridículo y querido suéter de Georgia Tech— colgaba del respaldo del sillón como un perro fiel esperando a que lo saquen a pasear, y mis manos se posaron sobre él una, dos veces.

Lo dejé allí.

Yo no lo puse

El momento ya me tenía retenido, no confiaba en mí para retener nada más.

La segunda canción llegó y la habitación se calentó.

Dejé que mis palmas giraran, como si descansaran sobre una cintura que aún conocía mi agarre. Conté el ritmo como ella me enseñó: «Deja de pensar, Joshua; tus pies saben matemáticas». Y traté de verdad, que las matemáticas hicieran el trabajo.

Sentí un hormigueo en los ojos que, me dije, era simplemente la lámpara, un sentimentalismo. Respiré. Entran dos, tres; salen dos, tres. En algún lugar, al otro lado del cristal, las urracas debatían algo con vehemencia y luego decidieron que la noche merecía un voto de silencio.

—Tony tenía razón —dije finalmente, con un volumen que ningún vecino podría quejarse—. La fuente nos hacía parecer que sabíamos lo que hacíamos.

Casi podía oír su sonrisa. «Lo sabíamos», habría dicho. «Solo que no sabíamos que lo sabíamos».

No perseguí su voz. No alcancé el jersey. Me quedé allí, dejándome llevar por la música. Envolvió la habitación con una tela lenta y suave, y me balanceé, y en medio del balanceo, un pensamiento se presentó, tímido pero insistente:

Este fue solo un momento "mío".

No es un momento "nosotros".

No es una actuación para los niños, ni para el terapeuta, ni para la calle.

No es una prueba de cordura.

No es una sesión espiritista.

Solo yo, en nuestro salón, en la casa que diseñamos y construimos con nuestras canciones, la noche anterior a la fecha que nos hizo oficiales.

Lo susurraba sin parar mientras me movía, como un pequeño hechizo: Un momento "yo". Un momento "yo".

No lo sentí como una traición.

Parecía el tipo de permiso que habría escrito en una lista de compras entre leche y cilantro.

La tercer canción era la que solíamos destrozar en casa, convirtiéndola en un shuffle a cámara lenta. Me permití sonreír, porque mi cuerpo recordaba la zambullida tonta que siempre intentaba y cómo ella chillaba y reía, y luego fingía descontarme puntos como un juez en televisión. Me permití extrañar cómo su cabello me hacía cosquillas en el labio. Me permití extrañarla sin disculparme hasta el cansancio por quererla de vuelta.

A mitad de camino, el estéreo emitió ese pequeño zumbido que emitía cuando decidía que el láser necesitaba un respiro. Dejé de moverme.

La casa respiraba conmigo.

Miré hacia la puerta del comedor, donde colgaba la foto: aquella risa congelada junto a la fuente. Por una fracción de segundo, quise bajarla y sostenerla como la portada de un álbum mientras terminaba el baile, pero ni siquiera yo tenía la fuerza para ese tipo de teatro.

En cambio, me giré lentamente para poder mirarlo de frente mientras me balanceaba. Nos miramos —la foto y yo— y eso fue suficiente. La siguiente pista entró sigilosamente y volví a cerrar los ojos.

Todo se ralentizaba al cerrar los ojos: el aire, la incertidumbre, el dolor. Podías acercar el oído al día y escuchar las horas en su interior.

"Te extraño un montón, cariño", dije, porque la sala ya lo sabía.

Decirlo en voz alta hizo que el suelo bajo mis calcetines se sintiera más firme.

"El mañana es nuestro."

Ninguna voz respondió.

Sin brillo.

Sólo la música.

Y la música era linda. Decía: *Sí. Y sí. Y sigue adelante, viejo; lo estás haciendo bien.*

Un escalofrío me recorrió desde la base del cuello hasta las plantas de los pies; de esos que no hacen frío.

Volví a pensar en el jersey y supe que, si me lo ponía, me desharía como se deshacían los platos de aquella Navidad. Pensé en llamar a Claire, a Sophie o incluso a Daniel, o en anunciarles algo que no podría traducir.

Pensé en la fuente y en la sonrisa de Tony y en la forma en que el fotógrafo nos dijo que "simplemente seamos nosotros mismos" y en cómo Maureen susurró: "Por suerte para él, no sabemos ser otra persona".

Quizás dije algo de eso en voz alta.

Quizás no lo hice.

El estéreo cambió a la última canción, la que elegimos porque sonaba como el amanecer. Me moví menos ahora, más un balanceo que un baile, y dejé que los últimos minutos hicieran lo que hacen los últimos minutos: reunir y bendecir.

Al terminar, la pequeña unidad emitió un suspiro educado y la habitación recuperó su tamaño normal. Saqué el CD y me quedé en medio del salón escuchando el zumbido del refrigerador. El silencio después de la música siempre tenía forma.

Esta noche, fue un círculo.

Salí y fui al comedor. Me paré frente a la foto de la fuente y dejé que mis ojos se relajaran lo suficiente como para imaginar que era una ventana.

"Mañana", les dije a esas dos personas con sonrisas tontas que no sabían lo que prometían y lo prometieron de todos modos.

Te compraré flores, aunque nunca te gustaron porque siempre pensaste que serían un desperdicio. Prefieres que las dejen vivas en el campo, no que las arranquen y las pongan en un jarrón. Haré el café demasiado fuerte y fingiré que es a propósito. Tomaré el camino largo en mi paseo y saludaré al estanque donde están los patos y les diré, si están allí, que tú también los saludas.

Apoyé las yemas de los dedos en el marco, como quien da una palmadita en el hombro al pasar, y volví al salón. Pasé junto al sillón reclinable con el jersey esperando y dejé que mi mano flotara en el aire, una bendición sin contacto. Luego me acurruqué en el sofá, aún caliente por el baile, y me puse la manta sobre las rodillas.

Por un minuto imaginé lo que traería el mañana.

Quizás alguno de los niños recordaría la fecha en el desayuno; tal vez no.

Tal vez el terapeuta llamaría para "ver cómo estoy"; tal vez dejaría que saltara el buzón de voz y respondería con un pulgar hacia arriba que no decía nada y sí todo.

Tal vez tomaría una nota adhesiva y escribiría "Fuente" en letras mayúsculas y la pegaría en la puerta de entrada como una brújula.

Tal vez no haría nada, y eso estaría bien, porque el dolor no era un horario; era como el clima.

Dejé que la casa se oscureciera al ponerse el sol y me quedé allí sentado mientras la habitación se oscurecía. El pequeño LED naranja del estéreo era lo último que quedaba encendido. Podía imaginar los árboles del parque meciéndose con el viento, y descansé. Cuando por fin me levanté y apagué también la luz, el salón volvió a ser lo que era a medianoche: un recuerdo en el que podías sentarte.

En la puerta del dormitorio me detuve, volví a mirar el jersey y negué con la cabeza.

No esta noche.

Esta noche ha sido un momento "para mí".

Habría sonreído si se lo hubiera dicho. Se habría burlado de mí por decirlo en voz alta como si fuera un titular. Y luego me habría dicho que me cepillara los dientes y dejara de filosofar con el aliento a palomitas.

—Mandona —susurré, sonriendo a mi pesar.

Me metí en la cama y dejé que la sábana fresca encontrara mis rodillas, mis espinillas, la curva de un día que finalmente había aprendido a ser silencioso.

Por la mañana, me despertaba, preparaba café, decidía qué flores comprar y pasaba por el comedor. Asentía con la cabeza hacia la fuente y a las dos personas que reían frente a ella.

Esta noche dejé que la música que ya no sonaba, siguiera sonando de todos modos.

Mañana es el día.

Nuestro día.

Dejé que mis ojos se cerraran ante ese hecho hasta que fue lo suficientemente suave como para dormir con el.

Y justo antes de hundirme, el pensamiento regresó, más claro por ser simple: *Este es solo un momento mío.*

No hizo que la falta fuera más pequeña.

Hizo la mina que faltaba.

Y mañana, cuando me parara junto a cualquier fuente que pudiera encontrar, de piedra o de recuerdo, la llevaría conmigo como un voto que te repites a ti mismo porque todavía encaja.

Oí la casa respirar. Respiré con ella.

A lo lejos, la puerta de un coche se cerró y un perro decidió que la noche era aceptable. Lo oí porque había dejado la ventana del dormitorio entreabierta, como solía hacer Maureen. Sonreí en la oscuridad y soñé con el sonido que hacía un vestido al correr como una fuente hacia el final, y con cómo una canción, una vez tuya, nunca se va.

"Buenas noches, mi amor" —susurré—. "Mañana te daré una...

CAPÍTULO 18

ANIVERSARIO CON EXTRAS

Me desperté ya vestido para el día. Algunas mañanas eran de negociación; ésta se quedó allí, al pie de la cama y dijo: "¿Y bien?"

Aniversario.

Preparé el café que podría disculparse en mi nombre y lo bebí en la mesa del comedor debajo de la gran foto: dos personas tontas junto a una fuente, aún no hábiles para nada excepto para prometer.

Tony tenía razón sobre la fuente ("Amigo, es un sitio genial"), y le dije que jamás me escucharía decir esas palabras. Las había escuchado seis veces antes del postre.

A media mañana me decidí por las flores.

Los ramos de supermercado siempre han sido mi hogar espiritual, pero fui a la floristería de verdad del centro comercial Narellan, la que tenía una pizarra en la entrada que decía cosas como "¡Las peonías han vuelto! Como si fuera una secuela". Me paré frente a los jarrones de cristal, escuchando su contenido. Nunca le habían gustado los lirios —"flores de funeral", dijo, y luego me dio una palmadita en la mejilla por considerarlos elegantes—, así que elegí unos claveles blancos sencillos y una rosa de tallo largo en el centro, porque hasta yo creo en los clichés en nuestro día.

"¿Ocasión?" preguntó el florista mientras ataba la cinta.

"Aniversario" —dije.

"Felicitaciones" —dijo ella y no la corregí.

Llegué a casa con mi ramo y mi sonrisa ridícula y me puse a trabajar en el teatro de la noche. Planché un mantel tan mal que le recordé al mantel quién mandaba. Saqué los platos y cubiertos buenos y las copas de vino más baratas que no me daban un ataque de pánico al respirar cerca de ellas. Encendí tres velas —una baja, una alta y una ridícula— y las puse en fila como un coro.

El jersey de Georgia Tech colgaba del respaldo de la silla como una decisión. Intenté no hacerlo una ceremonia, pero fracasé y me lo puse. El peso se asentó en el aire, como siempre. Esperé un momento, pero al no aparecer, supe por qué. Me estaba dejando hacerlo solo; dándole al momento, al día, el aire que merecía.

Puse las flores en la vieja jarra que llamábamos «la elegante» porque no tenía patos de dibujos animados. La casa olía a claveles y recuerdos.

A las seis, el día había comenzado su largo y color miel, deslizándose hacia el anochecer. Las urracas cantaban sus notas vespertinas calle arriba; con la puerta del patio abierta, oí el portazo de un coche.

Me quedé en la puerta del salón e hice la inspección que hace un hombre cuando finge estar tranquilo, pero en realidad está tensando todos los músculos. Velas encendidas. Música tranquila. Mesa puesta. Mirando fotos.

Entonces las luces parpadearon. No fue un apagón, solo un guiño fugaz, como si la casa tuviera un chiste que contar y no estuviera segura de sí podría soportarlo. Las velas titilaron y se estabilizaron; la más corta se apagó.

Miré hacia arriba.

Ella estaba allí: un brillo suave, una sonrisa tenue, con travesuras en los bordes.

"No se permiten llamas abiertas sin supervisión", dijo Maureen, con ese tono severo que usaba siempre que me ponía romántico con las cerillas.

—Tú y los bomberos —dije—. Siempre me quitan el sueño.

Volvió a mirar las velas y una tembló, luego se asentó un poco más, la mecha era un pequeño carbón. "Digamos que es exhalación asistida", dijo.

"Presumido."

Se sentó en el reposabrazos de la silla del comedor como una reina exiliada y me dejó mirarla. Había un silencio en estas llegadas que aún no había aprendido a no llenar de charla, así que no hablé. Me quedé allí parado y dejé que el jersey fuera lo que era: un cinturón de seguridad y una noticia sensacionalista. La casa volvió a respirar. Afuera, el chicle se balanceaba y el anochecer se aceleró.

"¡Feliz aniversario!" dijo suavemente.

¡Feliz aniversario! ¡Sí, te lo devuelvo! —Sonreí.

Hicimos lo que siempre hacemos cuando la cita es más grande que la sala: contamos historias hasta que cupiera.

Me serví un vino sacramental de Costco que le encantaba, y me observaba con esa mirada que reservaba para mis intentos de clase. Nos sentamos, yo en la silla, ella con una mirada cautelosa a su lado, y empecé con la parte que se ha convertido en leyenda en nuestra familia.

"Tu madre" —dije—, y eso fue suficiente para hacerla reír a carcajadas.

"Pobre mamá" —dijo ella—, sin sentir ninguna pena.

"Pobre máquina tragamonedas", corregí, "cuando entró al casino porque no estaba contenta de que te fueras a Estados Unidos conmigo y necesitaba discutir con una máquina".

—No marchó —protestó Maureen, encantada—. Hizo pucheros a toda velocidad.

—Desapareció como un mago —dije—. Un minuto estaba en la mesa, hurgando en los camarones. Al siguiente se había ido y Tony estaba mirando debajo del mantel como si estuviera escondida allí.

"Regresó con un cubilete" —dijo Maureen—, "y dijo: 'Si vas a escaparte a Estados Unidos con esto, al menos tendré algo entretenido mientras estás fuera'".

"Y yo dije: 'Puedo hacer malabares', y ella dijo: 'No es eso lo que quise decir'".

Nos reímos como se ríen las personas casadas cuando protegen a un tercero al que adoran: una mezcla de cariño, burla y gratitud por tener a los tres.

"Y tú" —dijo ella, señalando con un dedo fantasma que aún sabía acusar—, "bailaste como una jirafa aprendiendo a patinar sobre hielo".

—Estaba nervioso —protesté—. Me sudaban tanto las manos que el anillo casi se fue flotando en su propio bote.

—Contaste en voz alta —dijo con los ojos brillantes—. Un, dos, tres, perdón, un, dos, tres, perdón otra vez.

—No niego la disculpa —dije—. Creo que etiquetaron mal el ritmo.

"Me pisaste los pies", dijo.

"Acaricié tus dedos de los pies", dije, que es lo que dicen los maridos cuando son interrogados.

Ella se reclinó y sonrió levemente, con una sonrisa que se encontraba entre una mueca burlona y una bendición.

"Me hiciste reír", dijo. "Siempre me haces reír. Eso es lo que me encanta de ti. Y me dejaste ser yo misma. Nunca me había sentido más segura que cuando estaba contigo, Josh".

"Perdón no reembolsable", dije.

"Garantía de por vida", dijo.

Comimos la cena más fácil que pude preparar sin un segundo adulto en la cocina: pan que parecía artesanal, tomates salados y queso que te hacía negociar. Brindamos por la fuente, la foto, los pobres camarones de la cena de compromiso y la eterna corrección de Tony. Brindamos por su madre, que no sonrió en las fotos, pero me puso un billete de diez dólares en la mano al salir para el hotel y dijo: «Para picar algo, si te da hambre». Brindamos por los años que construimos solo con optimismo, terquedad y algún que otro folleto de instrucciones plastificado.

En algún momento me di cuenta de que me dolía y me quemaba hasta las costillas. Pena y gratitud, la especialidad de la casa. Me puse de pie, dejé mi vaso y las palabras subieron como si hubieran estado practicando en mi garganta toda la tarde.

"Feliz aniversario, mi amor", susurré.

El silencio lo respondió.

No porque no hubo respuesta, sino porque algunas respuestas pesan más que las palabras.

El jersey me mantuvo firme.

Las velas asintieron como viejos amigos aprobando nuestras elecciones.

La habitación quedó casi en silencio.

Me acerqué al estéreo, el plateado con el clic educado y el ojo naranja, y presioné play. La música empezó, y estaba más viva que la noche anterior, como si la máquina les hubiera devuelto la juventud a las canciones esa noche. Me quedé en medio del salón, dejé que los primeros compases me encontraran, y entonces hice lo único sensato: bailar.

—Cuidado —advirtió Maureen, encantada—. La mesa está cerca.

—Estás cerca —dije, ya riendo con una garganta que no sabía si abrirse o cerrarse.

Nos balanceábamos —yo con la gravedad, ella con lo que la física decía sobre la devoción— y para el segundo estribillo, sonreía y sollozaba al mismo tiempo. La canción cambió. Intenté un pequeño gesto que no debía intentar. Ella puso la cara que solía poner cuando yo intentaba el dip.

"Sigues pisándome los pies" —dijo—, "¡incluso sin tocarme!"

Solté una carcajada, luego me atraganté, luego me reí otra vez porque esto era lo que hacíamos: tomábamos lo ridículo de la mano y le dábamos un lugar en la mesa.

Las lágrimas seguían saliendo de todas formas. Las dejé. Formaban un ritmo agradable, con un ritmo suave y cálido. Juraría que puso los ojos en blanco al oírme, y la amé por ello.

Cuando la canción se apagó, no paré. Seguí moviéndome, pequeños círculos en una habitación que conocía el mapa de nuestros pies. Incliné la mejilla hacia donde debería haber estado su cabello y dije, más suave que el estéreo: «Gracias por seguir aquí».

Ella no hizo ninguna broma.

No me hizo desviar la palabra. Simplemente respondió, en voz baja y lo suficientemente clara como para resolver una discusión con el cielo. «Estaré aquí hasta que ya no me necesites».

Me quedé paralizado. No por miedo, sino por el asombro, que tenía su propia quietud.

Las velas zumbaban.

El jersey me apretaba como una mano. No pregunté lo siguiente, la de quién lo había decidido y cuándo; me aferré a la frase que me había dado como a un vaso de agua en la sequía. Entonces, hice lo único que tenía sentido en una habitación con flores, música y una historia de tonterías.

"¿Quieres casarte conmigo otra vez?" pregunté.

Ella sonrió. Empezaba en la esquina y se movía hacia adentro, la misma ruta que tomó la primera vez que lo vi. "Sí", dijo, como si no hubiera habido otra respuesta. "Sí".

El estéreo dio paso a la siguiente canción, y la casa, siempre obediente, se convirtió en una capilla hecha de alfombra y sombras de las tres velas desiguales. Me balanceé, y ella se balanceó como pudo, y la fuente de la foto parecía captar la luz de otra manera, como si hubiera creado un pequeño arcoíris privado en nuestra mesa.

No hablamos durante un tiempo después de eso.

Dejamos que las canciones sean los votos y el silencio sea el amén.

Cuando el disco se detuvo, me quedé allí con los ojos cerrados el tiempo suficiente para sentir cómo la música de fondo se instalaba en mis costillas. Luego apagué las dos velas restantes con más ceremonia de la que pretendía y observé cómo el humo escribía breves letras cursivas en la oscuridad.

Llevé las flores al dormitorio porque podía, puse un clavel en un vaso junto a su almohada, doblé el mantel en su habitual cuadrado torcido porque la imperfección era lo que nos permitía saber de quién era la casa. Volví al salón y me quité el jersey. Lo puse sobre la silla como si le estuviera dando las buenas noches. El aire me refrescó las mejillas y me pareció un permiso para dormir.

Volví a mirar la foto en el comedor.

Allí estábamos, dos personas junto a una fuente, riéndonos de algo que ya no podía oír, maldiciendo cosas que imaginábamos y luego inventábamos. Los saludé con dos dedos, como un soldado que por fin hubiera aprendido su puesto.

"Feliz aniversario", dije de nuevo, y dejé que la casa respondiera como lo hacen todas las casas: con un silencio y la respiración contenida.

En la cama, me acosté de lado y miré el espacio donde ella estaría, y, por una vez, el espacio no parecía un agujero. Esta noche parecía un puerto.

Afuera, el perro del vecino regañó a otro coche, y este se disculpó alejándose. Me reí una vez, en silencio, de todo y de nada.

Entonces susurré en la oscuridad —porque eso era lo que siempre habíamos hecho en esa fecha, aunque nos olvidáramos de decirlo en voz alta—: «Te elijo a ti», y creí oír: «Te elijo a ti», que regresaba de un lugar sin paredes.

Fue tierno y ridículo.

Fue devastador e implacable al mismo tiempo.

Esta noche fue cursi, pero me dije: esta noche, es nuestra.

Y dormí esa noche con la gratitud calentándome la espalda, el jersey siempre a mano por si quería volver a verla, la música todavía sonando en mi mente donde nadie podía oírla, el 'sí' resonando como una campana tocada sólo una vez y luego escuchada durante años.

Feliz aniversario, mi amor. Gracias por todos estos maravillosos años. Te extraño mucho, pero te agradezco que estés aquí esta noche.

Cuando cerré los ojos, solo tenía un pensamiento en mi mente.

¿Qué quiso decir Maureen con su declaración?

"Estaré aquí hasta que ya no me necesites".

CAPÍTULO 19

UN SÁNDWICH Y UN CAFÉ

Entré al Café Northport esa tarde, no porque la casa me asfixiara, sino porque tenía —me atrevo a decirlo— curiosidad por estar entre gente otra vez.

La terapia de grupo había sido buena.

Extraño, pero bueno.

No me desahogaba en cada sesión, pero escuchaba, aprendía y, por primera vez en meses, no me daban miedo mis propios pensamientos. Los chicos lo notaban. Claire incluso bromeó diciendo que oficialmente había superado la "vía rápida al manicomio".

Eso me dolió, pero vino con una sonrisa y un abrazo, así que lo dejé pasar.

Llevaba el viejo jersey azul de Georgia Tech. Descolorido, con los puños deshilachados, probablemente a punto de desintegrarse con un solo lavado, pero era mío, y era mi armadura. Abrí la puerta del café, con campanillas tintineando como un efecto de sonido de comedia.

Helen, la dueña y barista, levantó la vista desde detrás de la máquina de espresso. Tenía unos cuarenta y tantos años, el pelo recogido en un moño despeinado y una energía que te hacía sentir bienvenido al instante.

—Bueno, hola —dijo—. No te había visto antes. ¿Qué te puedo ofrecer? Además de una sonrisa, que tienes una muy buena.

En realidad, parpadeé.

¿Acaba de...? Sí. Un cumplido. Y con mucha espuma, nada menos.

Le devolví una media sonrisa. "Eh, café. Flat White. Y quizás un sándwich, lo que sea menos probable que me mate".

Ella se rió. "Entonces, jamón y queso, con un poco de ensalada aparte. No te preocupes, primero lo probaré todo yo misma. Sobrevivirás".

Me senté en una mesa de esquina.

Cuando trajo mi pedido, se quedó un rato apoyada en el mostrador como si ya estuviéramos en medio de una conversación.

—Bueno —dijo con ojos brillantes—, ¿qué pasa con el jersey? Parece que lo han querido hasta la muerte.

Abrí la boca para tomar un sorbo de café cuando...

—Ay, por favor —murmuró Maureen en mi oído—. Está coqueteando como una gaviota tras unas patatas fritas.

Casi inhalé el café.

Tosí tan fuerte que se me llenaron los ojos de lágrimas.

Helen corrió a mi lado enseguida, dándome una palmadita en la espalda. "¡Tranquilo! ¿Estás bien? ¡No creía que mi flat white fuera tan fuerte!"

Grazné: "Bien, bien, tubería equivocada".

Mientras tanto, prácticamente podía sentir a Maureen cruzando sus brazos fantasmales y golpeando su pie invisible.

Helen sonrió con compasión. "A los mejores nos pasa. Te traeré un poco de agua".

En cuanto se giró, susurré: "¡Maureen! ¿Por qué hiciste eso?"

"¿Por qué?" —replicó ell—a. "Tengo todo el derecho a rondar el mundo de las citas. Y ella prácticamente pestañeaba con la espuma de tu capuchino".

—No estoy *saliendo con nadie* —murmuré—. Solo estoy tomando un sándwich y un café. ¿Estás celosa?

—No —comentó Maureen, pero sus ojos decían algo más.

Helen regresó con agua, confundiendo mis murmullos con nervios.

—No te preocupes —dijo amablemente—. No muerdo. A menos que quieras. —Luego me guiñó un ojo.

Casi salpiqué agua sobre la mesa.

Maureen gimió como una actriz de teatro en una obra trágica. «Oh, perfecto», dijo. «Tienes a la viuda coqueta y encantadora a un lado y a mí al otro, recordándote que sigo aquí. Disfruta de tu sándwich, Casanova».

Me froté la frente. "No soy Casanova", murmuré.

Helen volvió a reírse, pensando claramente que estaba burlandome de mí. "Modesto también. Me gusta eso".

No sabía si reírme o salir corriendo hacia la puerta.

Mi difunta esposa estaba enfurruñada por un oído, mientras que una barista muy viva volaba en círculos como un halcón por el otro.

Y por primera vez, me di cuenta.

Quizás Maureen no estaba lista para dejarlo ir.

Quizás yo tampoco lo estaba.

¿Pero qué significó eso para mí? ¿Para nosotros?

Mastiqué el jamón y el queso, miré el vapor que subía de mi taza y pensé: «No *estoy listo para tener citas. Pero tampoco estoy listo para que me obliguen a ser célibe*».

—No te atrevas —murmuró Maureen.

"¿No me atrevo a hacer qué?" susurré.

Sonríele así. Eres mío, con jersey y todo.

Helen ladeó la cabeza, malinterpretando las palabras como dirigidas a ella. "Bueno, gracias", dijo con una sonrisa juguetona.

Gemí.

Mi vida se había convertido oficialmente en una comedia de situación, excepto que la pista de risas estaba en mi cabeza.

En cuanto pude, salí del café y me fui a casa. Maureen no estaba por ningún lado; se había ido en cuanto salí del café, así que en cuanto llegué, me tomé un tiempo para mí y me dejé llevar. Me quité el jersey y me senté en mi sillón reclinable a pensar en lo que acababa de pasar.

Maureen, bueno, parecía celosa, o no estaba lista para que lo superara, o no estaba segura de qué. Decidí no pensar más en lo que había pasado y simplemente escribir algunos correos.

Más tarde esa noche, la casa estaba tranquila. Tuve una llamada grupal, y cada niño estaba en su sitio cuando llamé para conectar con ellos. Sophie, con sus auriculares escuchando música, contestó cantando; Daniel estaba pegado a la PlayStation, pero aún con la voz clara, mientras Claire preparaba otra charla para asegurarse de que no me volviera a descontrolar.

Bueno, eso fue lo que pensé cuando ella respondió y dijo: "Espera, papá, solo necesito un minuto más para escribir una idea".

La llamada salió bien.

"Solo me reportaba", dije, y se alegraron de oírme decir que estaba bien, y después de unos minutos, cada uno colgó y se fue alegremente.

Entré en el dormitorio con la lámpara baja, el viejo jersey azul aún pegado al respaldo de la silla donde lo había dejado antes. Percibí un ligero olor a café en la manga; el café de Helen me había seguido a casa de alguna manera.

Tomé el jersey, me lo puse y me recosté contra el cabecero. "Está bien, Maureen. Suéltalo."

Apareció como siempre cuando la llamaba: sin un estallido ni una bocanada de humo, sino simplemente allí. Tranquila, con los brazos cruzados y las cejas levantadas, como si hubiera estado esperando a que admitiera lo que ya era obvio.

—No quieres que siga adelante, ¿verdad? —pregunté. Mi voz sonaba firme, pero sentía como si me hubieran llenado el pecho de plomo.

Sus labios se apretaron en una fina línea. Luego: "¿Pasar página? ¿Ya? ¿Te atragantas con un café y dejas que una mujer te guiñe el ojo, y de repente es temporada de citas?"

Suspiré. «No dije que iba a seguir adelante. Dije que no quieres que lo haga. Eso es diferente».

Se sentó en el borde de la cama, aunque el colchón no se hundió. Nunca lo hacía. Se miró las manos y luego me miró a mí. "Tienes razón. No quiero que lo hagas".

Tragué saliva. "¿Por qué?"

Su respuesta no fue rápida.

Por lo general, Maureen era rápida con una ocurrencia, un golpe o un comentario sarcástico. Esta noche, hizo una pausa, como si tuviera que buscar palabras que no quería pronunciar.

—Porque si sigues adelante —dijo finalmente, con voz suave—, desapareceré. No solo esto —se saludó con la mano, brillando tenuemente como un reflejo en el agua—, sino *yo*... Nosotros, todo lo que teníamos. Lo sobrescribirán.

"¿Sobrescrito?" Casi me reí, pero me salió demasiado cortante. "¿Crees que amar a alguien nuevo te borra? ¿Como si todos nuestros años de matrimonio se borraran como un borrador?"

Sus ojos brillaron. "¿Verdad?"

El silencio se prolongó.

Pensé en la risa fácil de Helen, en la forma en que se inclinó con una chispa de posibilidad.

Y entonces pensé en Maureen, sus chistes terribles, sus quejas matutinas, su extraña manera de saber exactamente cuánta leche me gustaba en mi té sin preguntar.

Me incliné hacia delante, con los codos apoyados en las rodillas. «Estás aquí», susurré. «Aunque intento no pensar en ti, estás *incrustada en mí* ... No puedo borrarte de mí, como no podría borrar un órgano vital. Seguir adelante no significa alearme. Solo significa que sigo vivo».

Ella me miró durante un largo rato.

Entonces ella sonrió, débilmente, agridulce, como solía hacerlo después de que discutíamos y nos reconciliábamos.

"Bueno", dijo, "no esperes que aplauda cuando la barista escriba su número en tu vaso para llevar, pero me gustaría que me pidieras permiso para continuar cuando estés listo".

Me reí entre dientes, y el sonido se me quedó atascado en la garganta. "Trato hecho."

Nos sentamos juntos en la penumbra, yo en la cama, ella en el borde del recuerdo, y me di cuenta por primera vez de que tal vez dejar ir no era lo mismo que ser olvidado.

CAPÍTULO 20

IDEA DEL GRUPO DE TERAPIA

El miércoles siguiente, me arrastré hasta el círculo de terapia como un colegial arrastrándose hacia su castigo.

Sillas de plástico, café tibio en la esquina, ese olor familiar a desinfectante y esperanza.

"Me alegra verte, Josh", dijo Martin, nuestro líder de grupo. Era uno de esos hombres de una calma desconcertante que parecía haber meditado durante un accidente de coche. "¿Qué tal tu semana?"

Dudé.

El yo de antes habría dicho: «Bien. Sin quejas. Sigue adelante, por favor». Pero la terapia de grupo tenía una forma de sacarte la verdad, como la pasta de dientes que no sabías que te quedaba.

Me aclaré la garganta. "Casi me muero".

El grupo se inclinó hacia adelante al unísono. Cualquiera diría que había anunciado un billete de lotería ganador.

—Incidente con el café —expliqué rápidamente—. Me atraganté. Café Northport. La dueña pensó que estaba nervioso. Mi esposa pensó que la dueña me estaba coqueteando.

Un latido de silencio.

Entonces la risa empezó a circular en todo el círculo.

—Espera —dijo Karen, la del corte de pelo corto, siempre la primera en decir tonterías—. ¿Tu esposa?

Hice una mueca. «Exesposa. No, lo siento. Esposa fallecida. Esposa fallecida». Agité la mano. «Me está atormentando. No te preocupes, es casual. Nada de vueltas ni sopa de guisantes».

Más risas. Excepto Martin, que asintió como si acabara de confesarle una pequeña adicción. "Cuéntanos sobre la cafetería, Josh".

Suspiré. "Mira, estaba comiendo un sándwich. Jamón con queso y café. Una opción segura, ¿verdad? Entonces la camarera, Helen, sonríe, bromea, coquetea. Cosa que no pedí, claro. Y de repente, Maureen me susurra al oído como una adolescente celosa. De repente, estoy tosiendo, Helen cree que me ha matado, y yo estoy ahí sentado discutiendo con el aire sobre fidelidad y sándwiches de jamón con queso".

El grupo rugió. Incluso Martin esbozó una sonrisa.

"¿Y cómo te hizo sentir eso?", preguntó, con voz tranquila nuevamente.

"¿Cómo me hizo sentir?" Me froté las sienes. "Como si estuviera saliendo con un árbitro. Como si no pudiera ni mirar a una camarera sin que Maureen me pusiera los ojos en blanco desde el más allá. Y aquí está el truco: me di cuenta de que quizá no quiere que siga adelante. Quizá tenga miedo de desaparecer si lo hago".

La risa se suavizó. Las cabezas se inclinaron. El aire se volvió pesado.

"Eso...", dijo el tranquilo Dave, viudo desde hacía tres años y que nunca hablaba más de dos frases, "...suena muy agotador".

Solté una carcajada y me sorprendí al llorar. "Sí. Lo es."

Martin se acercó. «Josh, te sientes culpable por estar vivo. No es raro. La pregunta es: ¿quieres seguir viviendo así o prefieres darte permiso para vivir *con* el recuerdo de Maureen en lugar de *por* él?»

Las palabras me golpearon como una bofetada.

Permiso. Nunca lo había pensado así, y Maureen incluso me dijo que debería preguntarle antes de seguir adelante.

El grupo se sentó en silencio, esperándome.

Y por una vez, no le desvié la pregunta con una broma. Simplemente asentí. «Quizás sea hora de pedírselo».

El grupo asintió en señal de acuerdo y justo entonces entró Marlene.

Bien, gente. Empecemos. ¿Quién quiere empezar?

Sonreí para mí mismo; el grupo —o tal vez sólo yo— había logrado más progreso en esos pocos momentos antes de que ella entrara que Marlene en múltiples sesiones.

No hay nada como tener personas que han pasado por los mismos problemas que tú para ayudarte a superarlos.

CAPÍTULO 21

LA IRA DE CLAIRE

Claire apareció el sábado por la tarde, sin avisar.

Ella siempre ha sido la práctica, la que mantiene su agenda, la que se preocupa, la que envía mensajes como "Recuerda, papá, es noche de tirar la basura", como si de repente me hubiera olvidado de cómo vivir en una casa.

Antes de que llegara, yo estaba en el salón, hablando en voz baja. Maureen estaba sentada en su rincón habitual del sofá. Estábamos teniendo una de nuestras conversaciones circulares: yo había estado insistiendo de nuevo, preguntándole si alguna vez querría que fuera feliz con otra persona, y ella estaba esquivando el tema.

—Joshua —dijo, llamándome así en lugar de Josh, como siempre que quería dejar algo en claro—. Solo... solo escucha por una vez...

"¿Papá?" La voz de Claire interrumpió la mía.

Me giré sobresaltado y allí estaba ella, de pie, escuchándome discutir con su madre, con el bolso colgado del hombro y el rostro contraído por esa mirada de decepción y agotamiento que solía guardar para las tareas reprobadas de Daniel.

"¿Qué estás haciendo?" preguntó ella.

Me quedé paralizado. Tenía la mano medio levantada, con la palma hacia afuera, como si intentara calmar a Maureen. A Claire, debí de parecerle un lunático, regañando al vacío.

"Solo estaba hablando con mamá." —Las palabras salieron disparadas de su boca como una bala—. Estabas hablando con mamá.

Abrí la boca para explicar, pero no me salió nada. ¿Qué podía decir? «Sí, cariño, tu madre muerta viene a tomar un café y a criticar mi barba».

Ella dejó caer su bolso con un ruido sordo.

—Pensé que eras mejor que esto. Sigue adelante, papá. Eso es lo que siempre nos dices de las sesiones de terapia, ¿verdad? ¿Que estás bien? ¡Pero no! Estás aquí fingiendo que no se ha ido, y es... —Se le quebró la voz—. ¡Se ha ido, papá! ¡Se ha *ido*!

La habitación vibró con su dolor, más agudo que el mío. Extendí la mano hacia ella, pero ella retrocedió, negando con la cabeza.

—Deja de fingir —dijo en voz baja, con la cara enrojecida por las lágrimas contenidas—. Por favor.

Luego se giró, agarró su bolso y salió por la puerta antes de que pudiera encontrar las palabras.

El silencio que dejó tras de sí fue insoportable. Me giré lentamente. Maureen estaba allí sentada, con las manos apretadas sobre el regazo, por primera vez sin una sola ocurrencia en la boca.

"Ella no entiende", susurré.

La voz de Maureen era suave, casi quebrada. "No debería tener que hacerlo".

La miré parpadeando. Sus ojos se alzaron hacia los míos, brillantes. «Verla así, verlos así, duele más de lo que pensé. No puedo... ni siquiera puedo abrazarla. No puedo decirle que está bien. Me está *llorando*, Josh, y sigo aquí, pero no de ninguna manera que ayude».

Me golpeó fuerte, un peso en el pecho para el que no estaba preparado. Había estado tan enredado en mi lucha —aferrándome, soltándome, oyendo su voz, viendo su rostro— que había olvidado que nuestros hijos estaban atrapados en medio de todo. Atrapados entre el recuerdo de su madre y la presencia de su padre, que parecía haber perdido el control.

Por primera vez desde que regresó a mí, Maureen parecía más pequeña y frágil de una manera que nunca la había visto.

Ella susurró: «Pensé que esto era solo cuestión de ti y de mí. Pero no es así, ¿verdad? También se trata de ellos».

Apreté mis manos contra mi cara.

La verdad era insoportable. Las palabras de Claire aún resonaban en mis oídos: «Se *ha ido, papá. Deja de fingir*».

Pero Maureen no se había ido, al menos no para mí.

Todavía no. Y tal vez ese era el problema.

CAPÍTULO 22

CONVERTIRSE EN PADRE-MADRE-SOLTERO

No dormí esa noche. La casa se sentía cruda, como si las paredes mismas hubieran absorbido las palabras de Claire y me las estuvieran devolviendo.

Ella se ha ido, papá. Deja de fingir.

Por la mañana supe que no podía dejarlo colgado.

Claire era la que siempre había estado más unida a su madre: la misma terquedad, la misma forma de recogerse el pelo tras la oreja cuando estaba enfadada. Si la perdía ahora, si pensaba que me estaba volviendo loco sin remedio, no sabía cómo arreglaríamos las cosas.

Conduje hasta su unidad en Elderslie, la ciudad vecina.

Me detuve dos veces en el camino porque mis manos no dejaban de temblar en el volante.

Ella abrió la puerta sudando y con los ojos hinchados.

Ella no me invitó a entrar, pero tampoco dio un portazo, así que lo tomé como un avance.

"¿Podemos hablar?" pregunté.

Se cruzó de brazos. "¿Sobre qué? ¿Sobre qué tú y mamá tomaron café ayer y todavía llevas ese maldito jersey azul hoy?"

Su sarcasmo me dolió, pero lo merecía.

Asentí hacia el pasillo.

—Por favor, Claire. Dame solo 10 minutos. Si después sigues pensando que estoy loco, me callaré para siempre.

Ella suspiró y luego se hizo a un lado.

Dentro, su casa olía a cera de vela y detergente para ropa. Me senté con cuidado en el borde de su sofá. Ella estaba sentada enfrente, con los brazos aún cruzados, esperando como una fiscal.

Tomé aire.

Tienes razón. Se ha ido. Lo sé. Fui al funeral. Vi el ataúd. Llevo meses viviendo en esta casa sin ella, y cada rincón me parece extraño. Así que, créeme, sé que se ha ido.

La expresión de Claire se suavizó sólo una fracción.

—Pero a veces —continué—, es como si todavía estuviera conmigo. No de una forma espeluznante, como si hiciera sonar cadenas. Más bien... como si mi cabeza la estuviera cosiendo en el silencio. Oigo su voz, Claire. La veo sentada ahí. Y le contesto porque... —Me interrumpí, frotándome las manos—. Porque no sé cómo no hacerlo.

Sus ojos bajaron y volvieron a subir. "Papá, parece que te estás agarrando demasiado fuerte".

—Quizás sí. —Se me hizo un nudo en la garganta—. Pero eso no significa que esté fingiendo que no murió. Significa que todavía estoy aprendiendo a vivir con ello. Y no te pido que me sigas el juego. Solo... —Se me quebró la voz—. No quiero que pienses que he abandonado la realidad. O que te he abandonado a ti.

Por primera vez desde ayer, sus hombros se desplomaron.

Se inclinó hacia delante, con los codos sobre las rodillas. «Me asustaste. Eso es todo. Al verte hablarle así al aire, pensé: ¿Y si ya lo he perdido también?».

Las palabras me destrozaron.

Extendí la mano por encima de la mesa de centro, sin saber si me dejaría, pero lo hizo. Su mano se deslizó en la mía, cálida y temblorosa.

—No me has perdido —dije—. Sigo aquí, cariño. Un poco desordenado, quizá, pero aquí. Y seguiré trabajando en ello. La terapia, toda. Por ti, por tu hermano y tu hermana. Por mamá también, en cierto modo.

Sus ojos se llenaron de lágrimas.

Ella asintió y las lágrimas rodaron silenciosamente.

Y por primera vez en meses, sentí que ambos estábamos de duelo juntos en lugar de estar en lados opuestos de un muro.

Al salir de su casa más tarde, vi a Maureen fugazmente por el retrovisor. No sonreía con sorna ni bromeaba. Solo observaba, en silencio, con los ojos brillantes como los de Claire.

"Gracias", susurró.

Y por una vez, no supe si se refería a mí o a nuestra hija.

Después de hablar con Claire, la situación entre nosotros se alivió; no se arregló, no fue perfecta, pero sí más tranquila.

Conduje a casa con el extraño alivio de quien ha estado conteniendo la respiración demasiado tiempo.

Pero si hay algo que el duelo me ha enseñado es que no se limita a una persona a la vez.

Se filtró. Se extendió.

Y mis otros dos hijos lo llevaron a su manera.

Daniel fue el primero. Fui a visitarlo a su casa. Llamé a la puerta y vi que llevaba los auriculares puestos. Me lo imaginaba murmurando a la pantalla con esa voz aguda y competitiva que usaba en sus juegos. "¡Muévete, idiota! No, a la izquierda... ¡Ay, por Dios, resucítame, resucítame!".

Cuando me vio, se arrancó el auricular y gimió.

"¿Un partido difícil?", pregunté, hundiéndome en el sillón.

Se encogió de hombros, evitando mi mirada. "Es que... da igual. No importa".

Quería decirle que sí importaba, que su repentina obsesión con la PlayStation era más que un simple hobby: era su forma de llenar el silencio. Pero no lo hice. En cambio, fui a su salón, me senté y me incliné hacia delante. "¿Sabes? Me enfadaba mucho con Pac-Man. Tu madre se reía hasta llorar viéndome lanzar el control remoto".

Eso me arrancó una pequeña sonrisa, el primer destello de cariño que veía en semanas. Me miró como si quisiera decir algo, y luego murmuró: «Sí, bueno, seguro que tú también lo haces fatal».

—Todavía lo hago —dije, y por un instante, el aire entre nosotros se sintió normal.

Hablamos un rato, y casi repetí lo que le dije a Claire, y al final nos levantamos y nos abrazamos. Un abrazo enorme.

"Te amo, viejo", dijo.

—Lo sé. Salí a buscar mi coche y llamé a Sophie. Dijo que nos veríamos abajo.

Encontré a Sophie sentada en los escalones de entrada de su edificio, abrazada a sus rodillas. Era la más pequeña, pero el dolor la había envejecido más rápido de lo que quería admitir.

"¿Estás bien, Soph?", pregunté, sentándome a su lado.

Ella negó con la cabeza. "Odio que la gente diga eso. ¿Qué creen que debería decir? Sí, estoy bien, mi madre murió, gracias por preguntar".

Su voz se quebró en la última palabra y me dolió el pecho. Extendí la mano para rodearla con el brazo, pero se puso rígida.

—Lo siento —murmuré, retirando el brazo.

—No eres tú, papá. Es solo que a veces siento que no puedo estar triste. Te esfuerzas tanto por verte mejor, y Claire siempre me dice que sea fuerte. Y Daniel solo le grita a su Xbox. Entonces, ¿cuándo se supone que debo llorar?

Eso me rompió.

Porque ella tenía razón.

Cada uno de nosotros tropezábamos en nuestra propia tormenta, ciegos a los demás.

—Puedes llorar ahora mismo —dije suavemente.

No lo hizo, no del todo, pero se inclinó hacia mí.

Y en ese momento de tranquilidad, me di cuenta de que no se trataba de mantener viva a Maureen en las conversaciones o en mi mente.

Se trataba de asegurarnos de que nuestros hijos no se ahogaran en el silencio que ella dejó atrás.

Papá, ¿puedo hacerte una pregunta?

—Claro, cariño. ¿Algo?

¿Te volverás a casar? ¿Reemplazarás a mamá?

Su pregunta me tomó por sorpresa, pero tenía preparada una respuesta.

Sophie, tu madre nunca será reemplazada. Me doy cuenta de que perderla siempre será más duro para ustedes, hijos. Perdiste a tu *madre*; esa es alguien que nunca podrá ser reemplazada. Puede que encuentre a alguien más adelante, pero esa persona nunca, y de verdad *nunca*, reemplazará a tu madre. ¿Entiendes lo que te digo, cariño?

Sophie se puso de pie y yo también.

Me abrazó, sonrió y me susurró al oído: «Sí, lo entiendo, papá. Gracias por ser sincero y por estar ahí para mí. Para nosotros».

Más tarde, cuando me fui a la cama, Maureen estaba allí.

Ella no se burló de mí.

Ella no hizo ninguna broma.

Solo susurré: «Ahora te necesitan más que a mí. Recuerda, cariño, ahora eres madre soltera».

Sé que lo soy, aunque ya sean adultos. Ahora soy su padre soltero.

Maureen me miró, sonrió y añadió: "Y una muy buena, además".

Y supe que tenía razón cuando me quité el jersey y cerré los ojos para irme a dormir, pensando en mis hijos y en mi Maureen.

CAPÍTULO 23

REUNIÓN DE LA ESCUELA SECUNDARIA

A pesar del progreso que estaba haciendo, aún pasaron meses antes de que lo admitiera ante mí mismo.

La voz de Maureen volvió a llenar la casa de risas; sus bromas eran tan mordaces como siempre, pero por la noche... la cama seguía siendo una caverna. Vacía. Fría. Por mucho que me molestara desde el otro lado, no podía ignorar el vacío que me agobiaba al apagarse la luz.

Intenté distraerme. Vi repeticiones de críquet. Limpié el coche. Incluso ordené el cobertizo, lo que Maureen habría llamado un milagro de proporciones bíblicas. Pero nada eclipsaba la realidad: quería contacto. Calidez. Una compañía que no fuera espectral.

Una noche, mientras me deprimía en mi silla con una copa de vino tinto, la voz de Maureen me interrumpió como un latigazo: «Josh, cariño, no puedes quedarte en este limbo para siempre. Estás medio vivo».

Gemí. "¿Qué se supone que haga? ¿Apuntarme a citas rápidas en la RSL?"

Se rio entre dientes, con la misma risa baja que una vez me enamoró de ella con un jersey de Georgia Tech. "No son citas rápidas. Son citas online. Todo el mundo las usa ahora".

"¿Citas en línea?" Casi me atraganto. "Maureen, ni siquiera sé cómo subir una foto sin la ayuda de Daniel".

—Pues entonces, busca ayuda. Pero escucha: usa una foto reciente, no de 1987. Ninguna mujer quiere que le den un golpe a la derecha con un mullet.

Me reí tanto que me dolieron las costillas. "Eres cruel".

—Soy sincera. Y eres adorable cuando te pones nervioso.

Pero entonces la risa se apagó y volví a sentir el dolor. "No sé cómo estar con nadie más", admití. "Eres tú, Maureen. Eres la única que me ha conocido... como es debido".

Por una vez, no bromeó. «Precisamente por eso puedes aprender de nuevo. Lo hiciste una vez, cariño. Puedes hacerlo de nuevo».

A la mañana siguiente, al revisar mi correo electrónico, encontré la respuesta. Entre correo basura sobre audífonos con descuento y un recordatorio de suscripción al Sydney Morning Herald, ahí estaba:

Asunto: *Reunión de ex alumnos de Northport High: ¡Estás invitado!*

Casi lo borro.

¿Quién quería volver a ver granos, uniformes de poliéster y bailes lentos e incómodos?

Pero antes de que pudiera presionar el botón de la papelera, Maureen dijo: "Ve".

Murmuré: «Ni hablar. Prefiero techar la casa en pleno verano».

"Joshua", dijo con esa voz que siempre ganaba las discusiones, "necesitas volver a ponerte en contacto con la gente. Empieza con gente que ya conoces. Aunque fueras un desastre lleno de granos en aquel entonces".

"Gracias por el aumento de confianza".

"Siempre aquí para ayudar."

Negué con la cabeza. «Va a ser raro. Todo el mundo preguntará por ti».

—Déjalos. Diles que sigo mandándote.

Me reí. No estaba equivocada.

Así fue como me encontré, dos sábados después, frente a las puertas del gimnasio de Northport High, con el corazón latiéndome como si estuviera a punto de volver a presentar mi examen de secundaria. Llevaba mi blazer decente —ese que Maureen siempre decía que me hacía parecer prestado de mi padre— y mi viejo jersey de Georgia Tech metido debajo, para animarme.

En el interior, los globos se hundían en las esquinas, el olor a salchichas recalentadas llenaba el aire y un DJ que parecía demasiado joven para saber de vinilos, reproducía éxitos de los 80 como si los hubiera descubierto ayer.

Y allí estaba yo, 40 años mayor, un poco más pesado, con el pelo más canoso que pimienta, retrocediendo al pasado.

Juro que oí a Maureen susurrar: «Anda, Josh. Vive un poco».

Miré a mi alrededor y vi que el gimnasio estaba lleno de fantasmas de los vivos. Antiguos compañeros de clase, algunos profesores que parecían haber sido preservados en formol, y un puñado de personas cuyos rostros reconocí a medias, pero no pude ubicar. Hice el amable recorrido asintiendo con la cabeza:

"¡Qué bueno verte!"

"¡No has cambiado nada!"

—Mentiras, todas.

Estaba a mitad de camino hacia la mesa de refrigerios cuando escuché que alguien me llamaba por mi nombre.

"¿Josué?"

Me giré. Y por un segundo, la habitación se inclinó.

Rosa Marie Thompson.

Mi primera novia seria, cuando pensaba que el amor significaba manos sudorosas y ahorrar para entradas de cine. Perdimos el contacto después del instituto: ella se fue a la universidad en Melbourne, mientras yo estudiaba arquitectura y conocí a una pelirroja deslumbrante que se convirtió en mi Maureen.

Rose Marie estaba allí, copa en mano, con esa sonrisa que atravesaba cuatro décadas como si nada. Ahora tenía mechones plateados en el pelo, líneas de expresión que me indicaban que había vivido plenamente, pero sus ojos... eran exactamente como los recordaba.

"Rosie", suspiré, y de inmediato me sentí como una adolescente otra vez.

—Bueno —dijo, ladeando la cabeza—, ¿cómo has estado, Joshua? Hace años que no te veo. Desde el año que pasamos casi semanas aquí castigados después de la escuela.

Me reí tan fuerte que la gente se giró. "¿Te acuerdas de eso?"

¿Cómo podría olvidarlo? Eras un jovencito loco. Pensé que ibas a proponer que nos saltáramos el castigo.

"Bueno, lo pensé, pero al final me acobardé".

Detrás de mí, juro que escuché a Maureen susurrar: "Ella tiene tu número, amor".

Rose se acercó más.

Lo siento, no quise emboscarte. Es solo que... han pasado años. Décadas.

Asentí.

—Demasiados. Pareces... —Me detuve, titubeando. Halagar a las mujeres ya me parecía un idioma desconocido—. Como si la vida te hubiera tratado bien.

Sonrió suavemente, y por un instante hubo una corriente entre nosotros; no la antigua chispa adolescente, sino algo más suave, más firme. Un reconocimiento.

Encontramos un rincón tranquilo y empezamos a charlar. Rose se había casado, tenía hijos y había perdido a su marido hacía unos años. Igual que yo.

"Me he sentido sola", admitió. "Mis hijos me dicen que 'salga', como si la compañía fuera algo que se consigue por internet".

Casi escupo mi bebida. "¡Eso dijo Maureen!"

Rose parpadeó. "¿Maureen?"

Me quedé paralizado, pero luego me reí. "Mi esposa. Falleció hace poco. Pero todavía, bueno, digamos que todavía tiene opiniones".

La mano de Rose rozó la mía.

Lo siento, Josh. De verdad. Pero si se parecía en algo a la chica que elegiste hace tantos años, me imagino que querría que siguieras vivo.

Desde algún lugar por encima de mi hombro, la voz de Maureen bromeó: «Ya me gusta. Me entiende. ¿Cómo es que nunca me hablaste de ella?».

"Silenciar."

"¿Qué?" preguntó Rose.

Intenté no sonreír como un loco. "Oh, nada. Solo murmuraba para mí".

Hablamos durante casi dos horas, y el murmullo de la reunión se desvaneció en el ruido de fondo. Rose me habló de su jardín, de sus nietos, de sus planes de jubilación. Me reí, riéndome de verdad, como no lo había hecho en meses.

Mientras el DJ ponía una canción lenta —algo dolorosamente cliché, como "Unforgettable"—, Rose me miró. "¿Todavía bailas?"

"Mal", dije.

Extendió la mano. «Algunas cosas nunca cambian».

Dudé, pensando en Maureen, en camas vacías, en noches que había susurrado a las sombras. Entonces deslicé mi mano en la suya.

Y juré que, por un momento, sentí la voz de Maureen en mi oído: «Vamos, Josh. Vive. Tienes mi bendición».

Así que lo hice.

El baile fue incómodo.

Mis zapatos chirriaban contra el suelo del gimnasio y estaba seguro de que parecía un juguete de cuerda averiado.

Pero Rose Marie sólo se rió y me guió con gentileza, como lo había hecho todos esos años atrás, cuando éramos adolescentes en nuestro primer baile de graduación de la escuela.

"Siempre lo piensas demasiado", dijo.

"Estoy tratando de no pisarte los pies".

Josh, he criado hijos. Mis pies son más fuertes de lo que crees.

Ambos nos reímos y, por primera vez en meses, no fue una carcajada agridulce: fue simplemente buena.

CAPÍTULO 25

WOLLONGONG

No fue sencillo. De hecho, fue más difícil de lo que le había contado a cualquiera, incluso a Rose Marie.

Cada vez que reíamos juntos, cada vez que le rozaba la mano o le daba un beso de buenas noches, sentía una punzada de culpa que me seguía a casa como una sombra. Me dolía el pecho con preguntas: *¿Estoy traicionando a Maureen? ¿Puedo darle a Rose Marie el mismo amor? ¿O simplemente me aferro a alguien que me recuerda que sigo vivo?*

Lo peor fue que no sabía la respuesta.

La voz de Maureen, antes tan constante, se fue apagando. Al principio, era sutil. Había llegado a casa después de ver a Rose. Me puse el jersey y esperé su habitual comentario provocador: «¡Qué buena jugada, Casanova!», pero solo oí silencio.

"¿Maureen?", susurré una noche en la sala de estar poco iluminada.

Durante mucho tiempo, nada.

Entonces, débilmente, como un eco que se desvanece en un pasillo: «Sigo aquí, Josh. Solo que ya no tanto. Ya no me necesitas igual».

Eso me desconcertó más que nada. Porque la necesitaba. Quería que su voz llenara el silencio, aunque eso significara que nunca avanzaría.

Con Rose fue diferente.

Amable. Paciente.

Ella no me apresuró.

Ella no exigió etiquetas ni declaraciones.

Compartimos paseos, cenas, veladas en su jardín donde me mostraba qué flores florecían incluso después de las heladas.

"Eres como estas rosas", dijo una noche, sosteniendo una flor roja en la mano. "Crees que la temporada ha terminado, pero mira, aún hay vida, aún hay belleza".

Sonreí, pero por dentro me sentía desgarrado. Rose Marie tenía razón.

Y aun así ¿no fue Maureen quien siempre fue mi rosa?

Esa noche, cuando Rose me besó bajo las luces del jardín, fue cálido y real... pero más tarde, solo en la cama, susurré en la oscuridad: «Maureen, ayúdame. No sé cómo hacer esto».

Esta vez, solo hubo silencio. No importaba cuánto esperara.

Pasaron las semanas. Rose y yo nos volvimos más cercanos.

Los niños se acostumbraron a su presencia, aunque Claire todavía me miraba con esa misma expresión: mitad hija protectora, mitad adulta resignada que sabía que su padre era terco, pero merecía ser feliz.

¿Y yo?

Luché conmigo mismo todos los días.

Sonreiría con Rose y añoraría a Maureen al mismo tiempo. Tomaría la mano de Rose mientras sentía el fantasma de los dedos de Maureen deslizándose entre los míos.

Fue agotador amar el pasado y aspirar al futuro al mismo tiempo.

Una noche, después de cenar en casa de Rose, volví a casa, me serví un jerez Harvey Bristol Cream, me puse el jersey y me senté en el sillón reclinable.

—La besé de nuevo esta noche —dije en voz alta—. Y me sentí bien. Pero también me dolió. Como si te estuviera dejando atrás.

El silencio se prolongó, pesado.

Entonces, por fin, por fin, llegó la voz de Maureen, suave y lejana: «No me vas a dejar, amor. Me llevas contigo. Siempre. Pero ya es hora de que también lleves a alguien más. Eso no me borra. Te enriquece».

Tragué saliva con fuerza, las lágrimas corrían a raudales. "Tengo miedo, Maureen".

—Lo sé. Pero estarás bien. La tienes. Y siempre me tendrás a mí, no como una voz en tu oído, sino como parte de ti. Para siempre.

Y luego silencio.

Silencio real.

Me quedé allí sentado toda la noche, con mi jersey puesto, aterrorizado y consolado a partes iguales. Sabía que tenía razón.

Maureen se estaba desvaneciendo.

No se ha ido, nunca se ha ido, pero está dando un paso atrás. Saliendo de la habitación.

A la mañana siguiente, Rose llamó.

—Estaba pensando —dijo con voz ligera pero esperanzada—. ¿Te gustaría viajar conmigo? A un lugar tranquilo. Solo nosotros dos. Sin pasado, sin distracciones. Solo nosotros.

Durante un largo momento no pude hablar.

Se me hizo un nudo en la garganta y el corazón me latía más rápido.

Un viaje significaba elegir.

Un viaje significaba salir del limbo y adentrarse en algo nuevo.

Finalmente dije: "Sí".

Y cuando colgué, me di cuenta de que no me había puesto el jersey y le pedí primero la opinión a Maureen.

Ése fue el momento más difícil y el más liberador de todos.

Fuimos a la costa. Wollongong.

No muy lejos, sólo una hora en auto o algo así, pero lo suficientemente lejos para que el aire oliera diferente, el horizonte se abriera y la marea pareciera lavar el peso que había estado cargando.

Rosie reservó una pequeña casa de campo junto al mar: paredes de madera blanca y contraventanas azules, un lugar que uno imaginaría sacado de una postal.

Cuando llegamos, me tomó del brazo y dijo: "Este parece el lugar indicado para empezar algo".

Sus palabras me hicieron sentirme hinchado y dolorido.

Esa primera noche, caminamos descalzos por la playa, con los zapatos colgando de las manos. La arena estaba fresca, las olas susurraban y el cabello de Rosie ondeaba alrededor de su rostro con la brisa.

Ella se rió, intentando controlarse. "Bueno, esto no es glamuroso".

"Es perfecto", dije. Y lo decía en serio.

Pero por dentro, todavía sentía la atracción de Maureen.

Su mano en la mía en otras playas, su risa llevada por otros vientos. Era como caminar con dos mujeres a la vez: una a mi lado, otra dentro de mí.

Más tarde, después de cenar en la terraza de la cabaña (pescado a la parrilla, ensalada sencilla, una botella de vino blanco frío), Rosie se inclinó sobre la mesa y tocó mi mano.

—Estás en otro lugar —dijo ella suavemente.

"Estoy aquí", respondí. Pero incluso yo oí la vacilación.

Ella asintió. «Sé que es difícil. Nunca te pediría que la olvidaras, Josh. Pero sí te pediría que te permitieras estar aquí, conmigo también».

La honestidad en sus ojos casi me deshizo.

Quería prometerle todo. Pero solo pude susurrar: «Lo estoy intentando».

Esa noche, mientras permanecía despierto en el pequeño dormitorio mientras las olas golpeaban débilmente más allá de la ventana, me aferré a mi suéter.

Miré a Rosie durmiendo y me levanté lentamente y fui al balcón y me puse el suéter.

—No sé cómo hacer esto —murmuré en la oscuridad.

Por primera vez en semanas, escuché su voz: débil, distante, pero cálida. «Ya lo estás haciendo, amor. Estás amando de nuevo. Y eso es todo lo que siempre quise para ti».

Las lágrimas corrían por mis mejillas. "Te extraño."

Y siempre lo harás. Pero estoy orgullosa de ti, Josh. Muy orgullosa.

Luego silencio.

Era un silencio apacible, no la ausencia inquietante que había temido.

Fue como si por fin se hubiera acomodado en su lugar, ya no flotando, sino plegándose a mí. Como la marea que retrocede, dejando la arena reluciente.

Regresé a la pequeña habitación después del balcón y me senté en el borde de la cama un buen rato, con el jersey pesado en las manos. Rosie se giró hacia mí, respirando lentamente, e incluso en la penumbra, pude ver la silueta de su rostro y la leve y constante elevación de su pecho. Por un momento, simplemente la observé: la belleza tranquila y ordinaria de una mujer que había estado conmigo.

Se movió y abrió los ojos. "¿Estás bien?", susurró.

—Creo que sí —dije—. Tengo miedo de arruinarlo todo.

Las palabras salieron pequeñas, ridículas para un hombre adulto, pero ciertas.

Ella me alcanzó sin prisa.

Sus dedos encontraron mi nuca y me atrajeron hacia abajo hasta que nuestras frentes se encontraron. No había prisa, ni búsqueda de respuestas, solo la calidez de dos personas que se apoyan en algo frágil y esperanzado. Hablamos entre suspiros y medias sonrisas, intercambiamos las pequeñas confesiones que convierten a los desconocidos en compañeros: las tonterías que nos avergonzaban, las cosas silenciosas que nos dolían.

Luego nos besamos.

Un gesto largo y delicado que sabia a aire marino, a vino y a la sal de mis propias lágrimas. No era desesperado ni torpe. Era cuidadoso, como si ambos supiéramos que cuidábamos algo que merecía delicadeza. Sus manos eran pacientes; las mías aprendieron a ser pacientes a cambio. Apartaba la ropa como los pequeños obstáculos que eran; no con urgencia, sino con una especie de reverencia que hacía que lo cotidiano se sintiera sagrado.

Nos acostamos juntos, con los cuerpos alineados, pero sin presión y nos quedamos como la primera vez, pero de alguna manera, como si recordáramos. Recordé el peso de su mano sobre mi pecho, la facilidad con la que pronunció mi nombre, la suave risa que compartimos cuando dije algo vergonzosamente sincero.

Fue una ternura que me sorprendió de maneras que no fueron llamativas ni contundentes, sino plenas: una unión que tranquilizó tanto como emocionó.

Hubo momentos en que pensé en Maureen —un destello de risa, la forma de un hombro familiar— y luego Rosie me apartaba el pelo de la frente y el dolor se suavizaba.

No desapareció; simplemente se convirtió en parte del silencio.

Lo que pasó entre nosotros esa noche no fue un borrado.

Fue una señal de aprobación.

Fue un permiso de un ser humano para abrazarse, para amarse mutuamente y no contenerse.

Después, nos quedamos tumbados de la mano, escuchando la respiración de la casa y el murmullo del océano tras la ventana. Me sentí extrañamente completo y extrañamente precario a la vez; ambos sentimientos se sentaban uno junto al otro como invitados a la mesa.

Rosie se acurrucó contra mí y en ese calor pequeño y constante, algo dentro de mí se aflojó; no fue reemplazado, sino que recibió espacio para ser más grande y más amable de lo que había sido cuando era solo dolor.

Cuando finalmente llegué al sueño, no fue el sopor inquieto al que me había acostumbrado. Fue un sueño profundo y sincero que se sintió menos como un olvido y más como una decisión de despertar de otra manera.

A la mañana siguiente, Rose y yo nos sentamos con nuestros cafés, mientras la niebla marina se alzaba a nuestro alrededor. Me miró por encima del borde de su taza y sonrió; no con una sonrisa juvenil y alegre, sino con una sonrisa llena de paciencia, amabilidad y promesa.

Y me di cuenta: podía amarla.

No como amaba a Maureen, porque nadie podía reemplazarla, sino de una manera nueva. Una manera que honraba mi pasado y mi futuro.

Extendí la mano, tomé la suya y le dije: "Veamos a dónde nos lleva esto, Rose".

Me apretó los dedos. "Me gustaría eso".

Y en ese momento, no escuché la voz de Maureen.

Pero sentí su bendición.

Tranquila, constante, eterna.

CAPÍTULO 26

NAVIDAD FAMILIAR

La Navidad solía ser la obra maestra de Maureen.

A ella le encantó todo. Decorando el árbol, cocinando cerdo, jamón, ternera, gambas, todo listo, lo que fuera, y estaba en la mesa. Cantando villancicos desafinados, pero más alto que cualquier coro de la tele.

Después de su muerte, pensé que nunca volvería a soportar la Navidad, siendo la primera la más difícil.

Pero allí estaba yo, un año y un poco más tarde, de pie en mi sala de estar mientras el olor a jamón asado llenaba el aire, las luces de colores centelleaban en el árbol y la risa se derramaba desde cada rincón.

Este año no fueron solo mis hijos. Me aseguré de que Rosie también trajera a sus crías.

Sus dos hijas, sus maridos y un puñado de nietos que ya estaban tratando de desentrañar mis regalos cuidadosamente envueltos.

Era un caos. Había mucho ruido. Y para mi sorpresa, me sentí bien.

No es perfecto, porque nada sin Maureen podría ser perfecto, pero es bueno.

La mesa del comedor crujió bajo el peso de la comida.

Papas asadas, jamón glaseado con miel, un postre tan colorido que parecía sacado de un experimento científico. Trinqué el jamón mientras Daniel servía las bebidas, Sophie daba órdenes a los niños más pequeños y Claire —todavía cautelosa con Rose, aunque menos aguda que antes— acomodaba los cubiertos como si estuviera preparando un plan de batalla.

Rosie se sentó a mi lado, rozando la mía de vez en cuando, ayudándome a mantener los pies en la tierra. Había vuelto a traer su famosa rodaja de limón, aunque insistió en que no era digna de Navidad. «Se la comerán antes que el postre», dijo, y tenía razón.

En un momento, miré alrededor de la mesa, a mis hijos y a los suyos, el ruido y la decoración desparejada, y pensé: *Así es como se ve sobrevivir al duelo. Es un caos. Está hecho de viejos y nuevos recuerdos. Pero está vivo.*

Por supuesto, ninguna reunión familiar estaba completa sin una o dos preguntas incómodas.

Acabábamos de sentarnos, con los platos apilados, cuando uno de los nietos de Rose, un chico con demasiada energía y muy poco tacto, intervino: "Entonces, ¿se van a casar o qué?".

La habitación se congeló.

Forks se detuvo en el aire.

Sophie casi dejó caer su salsa.

Los ojos de Claire se abrieron de par en par.

Daniel tosió en su bebida.

Me quedé mirando al chico, atónita. "¿Casarnos?"

—Sí —dijo, encogiéndose de hombros como solo un niño puede hacerlo—. Siempre están juntos. Mamá dice que se toman de la mano como adolescentes. Si no se van a casar, ¿van a vivir juntos?

Rose Marie se puso rosa.

Casi me ahogo con mi jamón.

En algún lugar en el fondo de mi cabeza, juro que escuché la risa de Maureen, no cruel, sino cálida, como si estuviera acercando una silla para disfrutar del espectáculo.

—Bueno —empecé, buscando las palabras—, esa es una pregunta muy directa.

El niño sonrió. «Eso mismo dice mamá. Soy directo».

Rosie puso su mano sobre la mía debajo de la mesa.

Su toque me tranquilizó.

Le sonreí al niño, luego a toda la mesa y dije: "Somos felices como somos".

Rosie me apretó la mano, asintió y añadió: «Exactamente. No necesitamos títulos ni anillos para saber qué es esto. Nos tenemos el uno al otro. Y eso es suficiente».

Hubo una pausa.

Entonces Sophie, bendita sea, levantó su copa. «Por papá y Rose. Que sigan siendo felices, tal como son».

Todos siguieron el ejemplo, con sus vasos tintineando.

Incluso Claire levantó la suya, aunque me dirigió una mirada que decía: *"Hablaremos de esto más tarde"*.

¿El niño? Simplemente sonrió. "Genial. ¿Puedo comer más postre ahora?"

La tensión se rompió, las risas brotaron y la sala se llenó de la calidez de las personas que eligen la alegría en lugar del juicio.

Daniel se inclinó hacia mí. «Buena parada, papá».

Sonreí con suficiencia. "¿Dudabas de mí?"

"Siempre", dijo.

Después de cenar, los nietos representaron una obra de teatro navideña con paños de cocina como gorros de pastor y un muñeco de plástico para el Niño Jesús. Los adultos se sentaron a beber vino, con las luces de colores parpadeando perezosamente de fondo. Me sorprendí a mí mismo agarrando la mano de Rose abiertamente.

En un momento dado, me deslicé hacia la despensa de la cocina para recuperar el aliento.

Viejos hábitos: alejarse cuando el ruido se vuelve demasiado intenso.

El árbol de Navidad brillaba y sentí ese tirón familiar en el pecho.

—Maureen —susurré—, espero que veas esto. Espero que estés sonriendo.

Durante un largo momento, no hubo nada más que el murmullo de una conversación detrás de mí.

Entonces, débilmente, como el crujido del papel de regalo, juro que oí: «Aquí estoy, cariño. Siempre. Feliz Navidad».

No era la voz constante de antes.

Ahora era más suave, más una bendición que una presencia.

Y por una vez, eso fue suficiente.

Más tarde, al caer la noche y recoger los abrigos, Sophie abrazó a Rose con fuerza. «Gracias por hacer que la Navidad vuelva a ser Navidad».

Los ojos de Rose se llenaron de lágrimas. "Eso significa muchísimo."

Claire se quedó en la puerta, observándonos.

Entonces, casi a regañadientes, dijo: «Papá, veo que estás feliz. Y mamá lo habría deseado. Me acostumbraré. Pero no te olvides de ella».

Se me hizo un nudo en la garganta. «Claire, no podría olvidar a tu madre ni aunque viviera mil años».

Ella asintió, me abrazó rápidamente y salió.

Progreso.

Cuando la casa finalmente quedó en silencio, Rose y yo nos sentamos uno al lado del otro en el sofá, rodeados de papel de regalo roto y el leve olor a chicharrón de cerdo.

"Manejaste bien esa pregunta", bromeó.

Me reí entre dientes. "Estaba a punto de esconderme debajo de la mesa".

Apoyó la cabeza en mi hombro. «Me alegra que no tengamos prisa. Nos queremos tal como somos».

Le besé la cabeza. "Yo también."

Y mientras las luces centelleaban y la noche se cernía, me di cuenta de que la Navidad ya no parecía un monumento a lo que había perdido. Era como un puente entre el amor que me había formado y el amor que me ayudaba a vivir de nuevo.

SOBRE EL AUTOR

José F. Nodar

Arrojado a uno de los mayores desafíos de la vida con tan solo once años, la historia de José comenzó en La Habana, Cuba. La Revolución Cubana lo obligó a subirse solo a un avión, lo que lo llevó a un orfanato en un pequeño pueblo de Georgia llamado Washington. No se reencontró con sus padres hasta que cumplió dieciocho años, cuando se graduó de la secundaria en Atlanta.

En la Universidad Estatal de Georgia, se centró en Administración de Empresas. Desde allí, se desenvolvió en el mundo de las finanzas, primero en el First National Bank de Atlanta (ahora Wells Fargo) y posteriormente como gerente de proyectos en consultoría financiera. Estos puestos lo llevaron por Estados Unidos, Europa e incluso Australia.

Fue en Camden, Nueva Gales del Sur, Australia, donde una chispa encendió la creatividad de José. Un grupo de escritores se convirtió en el punto de partida de su primera novela, y pronto, su mente dio a luz a Danny Monk, su primer personaje importante.

Pero la vida de José no se limita a escribir. Cuando no está creando historias cautivadoras, es posible encontrarlo en el centro comercial local, observando el mundo y buscando inspiración para futuros personajes. Lejos de su computadora, se sumerge en los libros o disfruta de largos paseos por Spring Farm.

Copyright © 2026 José F. Nodar

Año de Publicación de los Libros de José F. Nodar

Publicado en 2022

Books, Pens & Larceny

Stories to Share with My Partner Book 1

Stories to Share with My Partner Book 2

Stories to Share with My Partner Book 3

Publicado en 2023

Stories to Share with My Partner Book 4

Publicado en 2024

Libros, Bolígrafos y Hurto

El Autobús del Tiempo

Cuentos Para Compartir con Mi Pareja Libro 1

Cuentos Para Compartir con Mi Pareja Libro 2

Cuentos Para Compartir con Mi Pareja Libro 3

Stories to Share with My Partner Book 5

Quick Stories & Poem Volume I

Quick Stories & Poem Volume II

Mending Hearts at Crystal Cove

The Universe Between Us

The Time Bus

SEX

Amor en Estéreo

Amor en Estéreo

Stories to Share with My Partner Book 18

Stories to Share with My Partner Book 1

Stories to Share with My Partner Book 20

Whispers from My Wife

Maybe This Is Everything

Locker 217

Love in Stereo

Somewhere in Time

The Northport Coffee Group

The Last Light of Aurethis

The Clause That Killed Him

Somewhere in Time

Between Sessions

The Girl That Didn't Come Home

The Ones that Got Way

The Ghosts We Owe

Una Noche de Amor

Un Amor Finalmente Declarado